我爱读经典

绿野仙踪

浪花朵朵

我爱读经典

绿野仙踪

[美]莱曼·弗兰克·鲍姆 著
[英]米娜利马 绘
马爱农 译

ILLUSTRATED BY MINALIMA

江苏凤凰文艺出版社
JIANGSU PHOENIX LITERATURE AND ART PUBLISHING

图书在版编目（CIP）数据

绿野仙踪 / (美) 莱曼·弗兰克·鲍姆
(Lyman Frank Baum) 著 ; (英) 米娜利马绘 ; 马爱农译
. -- 南京 : 江苏凤凰文艺出版社, 2024.1（2025.5 重印）
（我爱读经典）
ISBN 978-7-5594-6939-7

Ⅰ. ①绿… Ⅱ. ①莱… ②米… ③马… Ⅲ. ①童话－
美国－近代 Ⅳ. ① I712.88

中国国家版本馆 CIP 数据核字 (2023) 第 126654 号

绿野仙踪

[美] 莱曼·弗兰克·鲍姆 著
[英] 米娜利马 绘　　马爱农 译

项目统筹　尚　飞
责任编辑　曹　波
特约编辑　周小舟
装帧制造　墨白空间·曾艺豪
出版发行　江苏凤凰文艺出版社
　　　　　南京市中央路 165 号，邮编：210009
网　　址　http://www.jswenyi.com
印　　刷　鹤山雅图仕印刷有限公司
开　　本　700 毫米 ×1000 毫米　1/16
印　　张　15.75
字　　数　185 千字
版　　次　2024 年 1 月第 1 版
印　　次　2025 年 5 月第 2 次印刷
书　　号　ISBN 978-7-5594-6939-7
定　　价　238.00 元

江苏凤凰文艺版图书凡印刷、装订错误，可向出版社调换，联系电话 025-83280257

目录

序言

古往今来，民间传说、神话和童话故事伴随着一代代儿童的成长，每个健康的孩子都对神奇、美妙、虚幻的故事有着一种发自内心的自然而然的热爱。格林和安徒生创作的那些想象力丰富的童话故事，给孩子们的幼小心灵带来的快乐，远胜人类所著的其他作品。

然而，人们世世代代传讲的那些旧时代的童话故事，如今在儿童图书馆里可能要被归为老古董了。时代变迁，现在需要的是一系列新的传奇故事，其中不再有千篇一律的精灵、侏儒和仙女的身影，那些可怕和令人毛骨悚然的情节也会消失，要知道，那些都是作者刻意设计的，想让每个故事都点明一个令人生畏的道德寓意。现代教育已经涵盖了道德培养，因此如今孩子们在传奇故事中更多的是寻求乐趣，无须再读到所有那些无趣的说教情节。

怀着这样的想法，我为今天的孩子们写下《绿野仙踪》的故事。希望这是一部现代童话，保留了惊奇和喜悦，摒弃了心痛和噩梦。

莱曼·弗兰克·鲍姆

一九〇〇年四月，芝加哥

1

龙卷风来了

多萝西站在门口，朝四下张望，周围什么也没有，只有一望无际的灰色大草原。

多萝西和她的亨利叔叔、艾姆婶婶一起，生活在堪萨斯大草原上。叔叔是个农夫，他们的房子很小，建房子的木头是马车从好远的地方运来的。四面墙壁，加上屋顶和地板，构成了一间屋子。里面有一个看上去锈迹斑斑的炉灶、一个碗柜、一张桌子、三四把椅子，还有两张床：亨利叔叔和艾姆婶婶的大床在一个墙角，多萝西的小床在另一个墙角。这里没有顶楼，也没有地窖——只有地上挖出的一个小洞，被称为龙卷风地窖，每当那种威力无比、摧毁一路所有房屋的大旋风刮来的时候，全家人就躲到地窖里去。屋子中央的地上有个活板门，有一架梯子通向那个黑乎乎的小洞下面。

多萝西站在门口，朝四下张望，周围什么也没有，只有一望无际的灰色大草原。无论往哪个方向看，平坦的旷野都一直延伸到天际，不见一棵树、一座房屋。太阳把犁过的土地烤成了焦灰色，地面裂开一道道细纹。草也不绿了，太阳把高高的茅草尖烤得焦枯，所以看上去到处都是一片灰色。房子是以前刷过漆的，但太阳把油漆晒得起了皮，雨水把剥落的油漆冲走了，现在这房子也跟周围所有的东西一样灰蒙蒙的，暗淡无光。

艾姆婶婶刚来这里的时候，是个年轻漂亮的新媳妇儿。太阳和大风把她也改变了，夺去了她眼睛里的光芒，使眼睛变得灰暗、严肃；还夺去了她面颊和嘴唇上的红润，使它们也变成了灰色。她现在又瘦弱又憔悴，脸上再也没有了笑容。孤儿多萝西刚来到她身边时，艾姆婶婶被这小女孩的笑声吓坏了，每次多萝西那欢快的声音传到她耳朵里，她总会惊叫起来，用手捂住胸口。如今她依然会惊异地打量着这个小女孩，不明白多萝西怎么那么容易就能发现好笑的事情。

亨利叔叔从来不笑。他从早到晚辛苦地干活儿，根本不知道什么是欢乐。他整个人也是灰色的，从那把长胡子到粗糙的大靴子，他总是板着脸，看上去怪严厉的，也很少说话。

是托托给多萝西带来了欢笑，使她没有像周围的其他东西一样变成灰色。托托不是灰色的，它是一只小黑狗，长着一身绸缎般的长毛，在滑稽的小鼻子两边，一对小黑眼睛闪烁着快乐的光芒。托托整天玩耍，多萝西陪它一起玩，并且从心底里喜欢它。

不过，他们今天没有玩。亨利叔叔坐在门槛上，焦虑地望着天空，天空比往常更灰暗了。多萝西抱着托托站在门口，也抬眼朝天空望去。艾姆婶婶在洗盘子。

从远远的北方，传来一阵低沉的、哨音般的风声，亨利叔叔和多萝西看见长长的茅草在风暴来临前像波浪一样翻滚起伏。这时空中又从南边传来一声尖厉的呼啸，他们转眼一看，只见南面的茅草也在朝这边起伏翻滚。

亨利叔叔忽地站起身来。

“龙卷风要来了，艾姆，”他大声对妻子说，“我去照看一下牲口。”他朝关着母牛和马的牲口棚跑去。

艾姆婶婶丢下手里的活儿，跑到门口。她只看了一眼，就知道危险近在眼前。

“快，多萝西！”她尖叫道，“跑到地窖去！”

托托从多萝西的怀里跳出来，躲到了床底下，小女孩跑去抓它。艾姆婶婶完全被吓坏了，一把掀开地上的活板门，顺着梯子爬进下面的小黑洞里。多萝西终于抓住了托托，也跟着婶婶跑过来。她没跑几步，风中就传来一声尖厉刺耳的呼啸，房子随即剧烈地摇晃起来，多萝西站不稳了，一屁股坐在了地上。

接着，一件奇怪的事情发生了。

房子旋转了两三圈，慢慢地升到了空中。多萝西觉得自己像乘着气球飞上了天。

原来北风和南风就在房子所在的地方相遇了，这里便成了龙卷风的中心。在龙卷风的中心，空气一般是静止不动的，但来自四面

八方的巨大风力把房子越抬越高，一直升到了龙卷风的顶上，然后停在那里，被带出了很远很远。风推送着房子，就像人拿着一根羽毛一样轻松。

四周一片漆黑，风发出可怕的吼叫声，但多萝西发现待在房子里很平稳。房子只在刚开始的时候旋转了几圈，还有一次倾斜得厉害，然后她就觉得自己被轻轻地摇晃着，像婴儿睡在摇篮里一样。

托托可不喜欢这样。它在屋子里跑来跑去，一会儿这里，一会儿那里，还汪汪地大叫。

多萝西只是一动不动地坐在地上，等着看接下来会发生什么事情。

有一次，托托跑得太靠近活板门了，掉了进去。起初小女孩以为她失去了小狗，但很快看见托托的一只耳朵从洞口支棱出来，因为空气中强大的气流托住了小狗，它这才没掉下去。

多萝西小心地走到洞口，抓住托托的耳朵，把它重新拉进屋里，然后关上了活板门，以免再发生什么意外。

一个小时过去，又一个小时过去，多萝西慢慢克服了自己的恐惧，但她觉得很孤单，而且周围大风呼啸的声音太尖厉，都快把她的耳朵吵聋了。

起初，她担心房子落下去时自己会摔得粉碎，可是随着时间的推移，并没有发生什么可怕的事情，她也就不再担心了，决定静下

心来等着，看将来到底会发生什么。最后，她爬过晃动不停的地板，爬到床上躺了下来，托托也跟过去躺在她身边。

尽管房子摇晃，风声凄厉，但多萝西很快就合上眼皮，沉沉地睡着了。

2

见到芒奇金人

小女孩吃惊地叫了一声，打量着
她的周围，眼前奇异的景象
使她的眼睛越睁越大。

多萝西突然被震醒了，吓得倒抽一口冷气，不知道发生了什么事情。这剧烈的震动突如其来，如果她不是躺在柔软的床上，恐怕就要受伤了。托托把小凉鼻子贴到她的脸上，可怜兮兮地低声叫着。

多萝西从床上坐起来，才发现房子已经不动了，周围也不再是漆黑一片，灿烂的阳光从窗外照射进来，洒满了整个小屋。

她从床上一跃而起，跑过去打开门，托托跟在她后面。

小女孩吃惊地叫了一声，打量着她的周围，眼前奇异的景象使她的眼睛越睁越大。

龙卷风非常温柔地把房子放在一片无比美丽的土地中央。周围到处是一片片可爱的草坪，气派威严的大树上挂满了饱满多汁的果实。四处的花田里，盛开着五颜六色的鲜花，小鸟们生着稀罕的、

绚丽多彩的羽毛，在树上和灌木丛里翻飞、歌唱。前面不远的地方有一条小溪，波光粼粼地在绿地间潺潺流过，喃喃地唱着歌儿，那声音对于一个长年生活在干巴巴、灰蒙蒙的大草原上的小女孩来说，是那么悦耳动听。

多萝西站在那里，热切地望着这些美丽而新奇的景象，然后，她注意到一伙人正在朝她走来。她还从来没有见过这么古怪的人呢。他们的个头不像她所熟悉的那些成年人那么大，但也不是非常矮小。实际上，他们看上去跟多萝西差不多高矮，而多萝西作为她这个年龄的孩子来说，个子还算挺高的，不过这些人的模样却似乎比她老很多岁呢。

三个男人，一个女人，都穿着古怪的衣服。他们戴着一尺多高的尖顶圆帽子，帽檐上挂了一圈小铃铛，走动时铃铛就发出丁零零的悦耳声音。

男人的帽子是蓝的，那小个子妇人的帽子是白的，她还穿着一件白色的长裙子，肩膀以下全打着褶儿。裙子上缀满许多闪亮的小

星星，在阳光下像钻石一样闪闪烁烁。

三个男人穿着颜色和他们的帽子一样的蓝衣服，其中两个留着胡子，他们脚上是擦得亮晶晶的靴子，上面翻着蓝色的大卷边。多萝西觉得这几个男人的岁数大概跟亨利叔叔差不多大，因为其中两个留着胡子。可是那个小个子妇人显然要年长得多，她满脸都是皱纹，头发几乎全白了，走起路来腿脚也不太灵便。

多萝西站在门口，这些人走近房子跟前时，突然停下来窃窃私语，似乎不敢再往前走了。那个矮小的老妇人走到多萝西面前，深深地鞠了一躬，用甜美的声音说道：

“最高贵的女魔法师，欢迎你来到芒奇金人的国度。我们非常感谢你杀死了邪恶的东方女巫，把我们的人民从奴役中解放了出来。”

多萝西吃惊地听着这番话。小个子妇人管她叫女魔法师，还说她杀死了邪恶的东方女巫，这是什么意思呢？多萝西是个天真烂漫、温和善良的小女孩，被一股龙卷风吹到了这个离家好远好远的地方，她可从来没有杀死过任何人呀。

可是这位小个子妇人显然正等着她回答呢，多萝西犹疑不决地说：“你真是很仁慈，但肯定是弄错了，我没有杀死任何人。”

“那么就是你的房子干的，”小个子的老妇人笑着回答，“反正都一样。看见了吗？”她指着房子的墙脚，“木板底下还露出了她的两只脚呢。”

多萝西一看，吓得叫了一声。在支撑房子的那根大梁底下，真的伸出了两只脚，脚上还穿着一双尖头的银鞋子。

“哦，天哪！哦，天哪！”多萝西难过地合起双手，大声地说，“房子准是砸在她身上了。我们该怎么办呢？”

“不用怎么办。”小个子妇人平静地说。

“可是她是谁呢？”多萝西问。

“我刚才说了，她是邪恶的东方女巫。”小个子妇人回答，“她奴役了芒奇金人许多年，让他们没日没夜地做她的奴隶。现在他们都自由了，为此他们非常感谢你。”

“芒奇金人是谁？”多萝西问。

“是生活在邪恶女巫统治下的这个东方之国的人民。”

“你是芒奇金人吗？”多萝西问。

“不是，但我是他们的朋友，我生活在北方之国。芒奇金人看到东方女巫死了，就派一个跑得快的人给我报信，我立刻就赶来了。我是北方女巫。”

“哦，天哪！”多萝西惊叹道，“你真的是女巫？”

“没错，是真的，”小个子妇人回答，“但我是个善良的女巫，人们都爱戴我。我不如统治这里的邪恶女巫那么厉害，不然我自己早就把这些人民解放出来了。”

“可我以为所有的女巫都是邪恶的呢。”小女孩面对一个真正的女巫，心里不免有点害怕。

“哦，不，这完全是误会。整个奥兹国一共有四个女巫，住在北方和南方的是善良的女巫。我知道这是真的，因为我就是其中一位，不会弄错的。住在东方和西方的两个，确实是邪恶的女巫，现在你已经消灭了其中一个，所以整个奥兹国只剩下一个邪恶的女巫——也就是住在西方的那一个了。”

“可是，”多萝西想了想说，“艾姆婶婶告诉我，早在好多好多年前，女巫就都死了呀！”

“谁是艾姆婶婶？”小个子的老妇人问。

“她是我的婶婶，住在堪萨斯，我就是从那里来的。”

北方女巫似乎考虑了一会儿，她垂着脑袋，眼睛望着地面。然后她抬起头说：“我不知道堪萨斯在哪里，从没听人提起过那个地方。不过请你告诉我，那是一个文明的国度吗？”

“是的。”多萝西回答。

“那就说明问题了，在文明的国度里，我相信已经没有女巫，没有男巫，也没有男魔法师和女魔法师了。可是你看，奥兹国从来没有进入文明，因为我们与世界上其他地方是隔绝的。所以，我们中间仍然有女巫和男巫。”

“谁是男巫呢？”多萝西问。

“奥兹本人就是一个伟大的男巫。”女巫压低声音回答，“他比我们所有的人加在一起还要厉害。他住在绿宝石城。”

多萝西还想再问一个问题，但就在这时，一直默默站在一旁的几个芒奇金人突然大喊一声，指着刚才压着邪恶女巫的墙脚。

“怎么啦？”小个子的老妇人转脸一看，笑了起来。那个死女巫的两只脚完全消失了，地上只留下了那双银鞋子。

“她太老了，”北方女巫解释说，“在太阳底下很快就被烤干了。她彻底完蛋了。可是这双银鞋子属于你，你可以把它们穿上。”

她弯下腰捡起鞋子，抖掉上面的灰尘，递给多萝西。

“东方女巫很为她这双银鞋子感到得意呢，”一个芒奇金人说，“她给鞋子施了一些魔法，但具体是什么，我们也不知道。”

多萝西把鞋子拿进房子，放在桌上。她又出门来到芒奇金人面前，说：

“我急着回到叔叔婶婶身边，我想他们肯定在为我担心呢。你们能帮我找到路吗？”

芒奇金人和女巫对视了一下，然后望着多萝西，摇了摇头。

“在离这里不远的东方，”一个人说，“是一片很大的沙漠，没有一个人能活着穿过它。”

“南方也是一样，”另一个人说，“我去过那里，亲眼见过。南方是考德林人的国度。”

“我听说，”第三个人说，“西方也是这样。温基人生活的那个国度，由邪恶的西方女巫统治着，如果你从她那里经过，她会让你做她的奴隶的。”

“北方是我的家园，”老妇人说，“它的边缘也是那一片包围着奥兹国的大沙漠。亲爱的，恐怕你只好跟我们生活在一起了。”

多萝西哭了，她觉得在这些陌生人中间很孤单。她的眼泪似乎打动了心地善良的芒奇金人，他们立刻掏出手绢，陪着哭了起来。那个小个子的老妇人呢，她摘下帽子，竖在鼻子尖上，用响亮的声音数着“一、二、三”。帽子立刻变成了一块石板，上面用大大的白色粉笔字写着：

让多萝西到绿宝石城去

老妇人从鼻子尖上拿下石板，看了看上面的字，问道：

“亲爱的，你叫多萝西？”

“是的。”小女孩回答，抬头把眼泪擦干。

“那你必须到绿宝石城去，也许奥兹会帮助你的。”

“这座城在哪儿呢？”多萝西问。

“就在这片土地的正中间，统治它的是我刚才跟你提到的伟大的魔法师奥兹。”

“他是个好人吗？”小女孩不安地问。

“他是个很好的魔法师。至于他是不是个好人，我说不上来，我从来没见过他。”

“我怎么去那儿呢？”多萝西问。

“你必须走着去，要走很远很远，穿过一片有时令人愉快、有时黑暗恐怖的国度。不过，我会用我知道的所有魔法使你免受伤害的。”

“你不陪我一起去吗？”小女孩恳求道。她已经把这位小个子的老妇人看成自己唯一的朋友了。

“不行，我不能去，”她回答，“但我会把我的吻送给你，谁也不敢伤害一个被北方女巫吻过的人。”

她走近多萝西，轻轻吻了一下她的额头。多萝西很快发现，在女巫嘴唇碰过的地方，留下了一个圆圆的、亮晶晶的印痕。

“通向绿宝石城的道路上铺着黄色的砖。”女巫说，“你肯定会找到的。等你见到了奥兹，不要害怕，尽管把你的故事告诉他，请他帮助你。再见了，亲爱的。”

三个芒奇金人朝多萝西深深地鞠躬，祝她旅途愉快，然后就走

进树林离开了。女巫朝多萝西友好地轻轻点点头，左脚单立，在鞋跟上转了三圈，一下子就不见了，这让小托托惊讶极了。她消失后，它在后面使劲汪汪大叫，因为她刚才站在这里时，它是吓得一点也不敢出声的。

多萝西知道她是个女巫，料到她会以那样的方式消失，也就丝毫没感到吃惊。

3

多萝西救了稻草人

人们热情地招呼多萝西，
邀请她一起吃晚饭，
共同度过这个美好的夜晚。

眼下就剩下多萝西一个人，她开始觉得肚子有些饿了，便走到碗橱前，给自己切了一些面包，抹上黄油，也给了托托一些。她又从架子上拿下一只水桶，拎到小溪边，打了一桶清清亮亮的溪水。托托跑到树丛里去了，朝树上的小鸟汪汪叫。多萝西去抓它，看见树枝上挂着美味诱人的水果，就采了一些，她发现用它们配着早饭吃再好不过了。

她回到房子里，和托托痛痛快快地喝了一些清凉的溪水，就准备出发去绿宝石城了。

多萝西另外还有一件衣服，正好洗干净了挂在床边的钉子上。这是一条蓝白相间的方格布裙子，因为洗过多次，蓝色的地方已经有些发暗了，但仍然是一条很漂亮的连衣裙。小女孩仔细地洗了洗脸，换上干净的方格布裙子，并把她那顶粉红色的宽边遮阳帽戴在头上。她拿来一只小篮子，从碗橱里取出面包装在里面，再蒙上一块白布。她低头看看脚上，发现鞋子已经非常破旧了。

“它们肯定不适合走远路，托托。”多萝西说。托托用黑黑的小眼睛望着她的脸，晃了晃尾巴，表示听懂了她的话。

这时，多萝西看见了桌上那双本来属于东方女巫的银鞋子。

“不知道我穿着是不是合适，”她对托托说，“穿着它们走远路再好不过了，它们是磨不坏的。”

她脱掉脚上的旧皮鞋，试了试那双银鞋子，不大不小正合适，就好像是专门为她定做的一样。

最后，她拎起篮子。

“走吧，托托，”她说，“我们去绿宝石城，问问伟大的奥兹怎样才能回到堪萨斯去。”

多萝西把门关上锁好，把钥匙小心地放进裙子口袋，就这样开始了她的旅行，托托连蹦带跳地跟在她后面。

近旁有好几条路，但她一下子就发现了铺着黄砖的那一条，轻快地朝着绿宝石城的方向出发了。银鞋子踏在坚硬的黄砖地上，发出清脆悦耳的声音。阳光多么灿烂，小鸟唱得多么好听，多萝西的心情好极了，全没有一个小女孩突然远离家乡，来到一个陌生国度的那种忧伤。

她一路走着，惊讶地看着周围异常美丽的景色。道路两旁围着整整齐齐的、漆成蓝色的栅栏，栅栏后面是长势喜人的庄稼地和菜田。看来芒奇金人干农活儿是一把好手，收成肯定不赖。时不时地，她会经过一处住房，里面的人都跑出来看她，在她走过时深深地鞠躬。因为大家都知道是她杀死了邪恶女巫，把他们从奴役中解放了出来。

芒奇金人的房子看上去怪模怪样的，每座房子都是圆的，上面有一个大圆屋顶。所有的房屋都漆成了蓝色，因为在这东方之国，蓝色是人们最喜欢的颜色。

夜幕快要降临了，多萝西走了这么远的路，感到很疲惫，开始发愁在哪儿过夜。这时，她来到一座比其他房屋都要大得多的房子跟前。在房子前面的绿草坪上，有许多男人和女人在跳舞。五个小个子的小提琴手在非常起劲地拉琴，人们都在唱歌、说笑，旁边的一张大桌子上摆满了各种美味的水果、干果、馅饼和蛋糕，还有许多其他好吃的东西。

人们热情地招呼多萝西，邀请她一起吃晚饭，共同度过这个美好的夜晚。原来这里是全国最有钱的芒奇金人鲍奇的家，鲍奇正跟朋友们一起聚会，庆祝大家摆脱了邪恶女巫的奴役，获得了自由。

多萝西美美地吃了一顿晚饭，那个名叫鲍奇的芒奇金大富翁亲自在旁边招待她。吃完饭后，她坐在一张长靠椅上看人们跳舞。

鲍奇看着她的银鞋子，说：“你一定是个了不起的女巫。”

“为什么？”小女孩问。

“因为你穿着银鞋子，还杀死了邪恶女巫。而且，你的连衣裙上有白颜色，只有女巫和女魔法师才穿白衣服。”

“我的裙子是蓝白相间的。”多萝西说着，抚平了裙子上的褶皱。

“你穿这件衣服多好呀。”鲍奇说，“蓝色是芒奇金人的颜色，白色是女巫的颜色。所以我们知道你是一个友好的女巫。”

多萝西不知道怎么回答，人们似乎都认为她是个女巫，而她心里很清楚，她只是一个普普通通的小女孩，碰巧被一阵龙卷风刮到了一个陌生的国度。

她看跳舞看累了，鲍奇就把她领进房子，安顿她在一个房间住下，里面有一张漂亮的床，床上铺着蓝布被单。多萝西躺在床上一觉睡到了天亮，托托蜷伏在她床边的蓝地毯上。

第二天早晨，她吃了一顿丰盛的早饭。一个芒奇金小宝宝在跟托托玩儿，拉托托的尾巴，又是叫又是笑，多萝西在一旁看着，觉得好玩极了。托托在所有人眼里都是个新奇的玩意儿，因为他们以前从来没有见过狗。

“从这儿到绿宝石城还有多远？”小女孩问。

“不知道，”鲍奇严肃地说，“我从没去过那里。人们最好离奥兹远一点，除非有事情要找他。到绿宝石城的路很远很远，路上要走许多天。我们这里又富足又舒适，而你必须经过许多危险野蛮的地方，才能到达你的目的地呢。”

多萝西听了感到有些不安，但她知道只有伟大的奥兹才能帮助她回到堪萨斯，于是她勇敢地决定不打退堂鼓。

她告别了朋友们，又开始顺着黄砖路继续往前走。走了几里路后，她想停下来休息一会儿，就爬到路边的栅栏上坐了下来。栅栏那边是一大片玉米田，她看见不远处有个稻草人被高高地竖在一根杆子上，不让小鸟来吃成熟的玉米。

多萝西用手托住下巴，若有所思地望着那个稻草人。

稻草人的脑袋是一只塞满稻草的小口袋，上面画了眼睛、鼻子和嘴巴，像是一张人脸。脑袋上戴着一顶破旧的蓝色尖帽子，这帽子大概曾经是哪个芒奇金人的。稻草人身上是一套又旧又破的蓝衣服，里面也塞满了稻草；脚上穿着一双蓝色的旧靴子，跟这个国家每个男人脚上穿的都一样。稻草人背上有一根杆子，把稻草人高高地支在玉米田上面。

多萝西专注地打量着稻草人那张画出来的脸，吃惊地看到一只眼睛慢慢朝她眨了一眨。起先她以为自己看错了，因为堪萨斯的稻草人是从来不眨眼睛的。可是接着，稻草人又友好地朝她点了点头。她赶紧翻下栅栏，朝稻草人走去，托托绕着杆子跑来跑去，汪汪直叫。

“日安！”稻草人用非常沙哑的声音说。

“你会说话？”小女孩惊异地问。

“当然啦。”稻草人回答，“你好吗？”

“我很好，谢谢。”多萝西很有礼貌地回答，“你呢？”

“我不太好，”稻草人微笑着说，“一天到晚竖在这上面吓跑乌鸦，实在是太单调了。”

“你不能下来吗？”多萝西问。

“不能，这根杆子钉在我的背上呢。如果你能行行好，把杆子拿开，我会非常感激你的。”

多萝西伸出双臂，把稻草人从杆子上摘了下来，由于身体里塞满了稻草，他的分量很轻。

“非常感谢，”稻草人被放到地上后说，“我觉得自己好像焕然一新了。”

多萝西觉得纳闷极了，她居然听见稻草人说话，而且还看见他鞠了一个躬，走到她身边。

“你是谁？”稻草人伸展了一下四肢，打了个哈欠，问道，“你要去哪儿呢？”

“我叫多萝西，”小女孩说，“我要去绿宝石城，请求伟大的奥兹把我送回堪萨斯去。”

“绿宝石城在哪儿？”稻草人问，“奥兹是谁？”

“怎么，你不知道吗？”多萝西吃惊地问。

“不知道，我什么都不知道。你看，我是稻草做的，所以根本就没有大脑。”他悲哀地回答。

“哦，”多萝西说，“我很为你感到难过。”

“你说，”稻草人问，“如果我跟你一起去绿宝石城，奥兹会给我一些大脑吗？”

“这我可说不准，”多萝西回答，“如果你愿意的话，可以跟我一起去。就算奥兹不能给你大脑，你也不会比现在更糟糕的。”

“说得不错。”稻草人说。

“你看，”稻草人又推心置腹地说，“我倒不在乎往我的腿、胳膊和身体里塞满稻草，因为这样我反倒不会受伤了。如果有人踩我的脚趾或用针扎我，也没有关系，我根本就没感觉。但我不想让别人叫我傻瓜，可我脑袋里不像你们一样有大脑，而是塞满了稻草，我怎么会知道各种事情呢？”

“我理解你的感觉。”小女孩真心地为稻草人感到

难过，“如果你跟我一起去，我会请求奥兹尽量帮助你的。”

“谢谢你！”稻草人感激地回答。

他们朝小路走去，多萝西扶稻草人翻过栅栏，两人顺着黄砖路朝绿宝石城前进。

托托起初不喜欢队伍里多出这么一个人。它绕着稻草人嗅来嗅去，似乎怀疑稻草里藏着一窝耗子，它还经常很不友好地朝稻草人汪汪大叫。

“别理会托托，”多萝西对她的新朋友说，“它从不咬人。”

“哦，我不怕，”稻草人回答，“它伤害不了稻草。让我来帮你拎着篮子吧，因为我不会感到累。我告诉你一个秘密，”稻草人一边走，一边继续说，“在这个世界上，我只害怕一样东西。”

“是什么？”多萝西问，“是那个把你做出来的芒奇金农夫？”

“不是，”稻草人回答，“是一根划着的火柴。”

4

穿过树林的小路

稻草人仔细地听完，然后说：“我不明白你为什么想要离开这个美丽的国家，回到那个你管它叫堪萨斯的干燥、灰暗的地方去。”

他们一连走了几个小时之后，道路开始变得凹凸不平，非常难走，黄砖不再铺得整整齐齐，稻草人经常被绊倒。有的地方黄砖破损了，或压根儿就不见了，地上坑坑洼洼，托托一跳就过去了，多萝西则得绕着走过。

而稻草人呢，因为没有大脑，直通通往前走，结果一脚踩进窟窿里，结结实实地摔在坚硬的砖地上。

不过他一点也没摔疼，多萝西把他扶起来，让他重新站好，他就又跟着她继续往前走，一边还为自己的倒霉遭遇开心大笑。

农田也远不像先前见到的那样得到精心照料了。房屋越来越少，果树也越来越少。

他们越往前走，景色就越来越荒凉，越来越萧条。

中午，他们在靠近一条小溪的路边坐下，多萝西掀开篮子上的盖布，取出一些面包。

她递了一片给稻草人，但稻草人没有要。

“我从来不饿。”他说，“幸好我不饿，因为我的嘴巴只是画上去的，如果我把嘴割开一个口子吃东西，里面的稻草就会漏出来，这样就破坏了我脑袋的形状了。”

多萝西认为他说得有道理，就点了点头，开始吃她自己的那份面包。

“来跟我说说你自己和你的家乡吧。”稻草人等她吃完后，这么说道。

于是多萝西跟他说了堪萨斯，说那里到处都是一片灰色，还说了她是怎么被龙卷风刮到了这个奇特的奥兹国。

稻草人仔细地听完，然后说：“我不明白你为什么想要离开这个美丽的国家，回到那个你管它叫堪萨斯的干燥、灰暗的地方去。”

“那是因为你没有大脑。”小女孩回答，“不管我们的家乡多么灰暗、沉闷，我们有血有肉的人都情愿生活在家乡。别的地方不管多么美丽，我也不愿生活在那里。没有一个地方能比得上家乡。”

稻草人叹了口气。

“我肯定是不能理解的，”他说，“如果你们的脑袋里像我一样塞满了稻草，大概都会更愿意住在美丽、舒适的地方，可要是那样的话，堪萨斯就根本没有人了。幸好，你们有大脑，这对堪萨斯来说倒是件幸运的事情呢。”

“我们休息的时候，你能给我讲个故事吗？”小女孩问。

稻草人责备地望着她，回答道：

“我的生命才这么短，能知道些什么呢？我是前天刚被做出来的。在那之前，世界上发生的任何事情，我是一点也不知道。

“那个农夫给我做脑袋时，先给我画了耳朵，所以我就能听到他们在说什么了，当时还有另外一个芒奇金人跟他在一起，我听见的第一

句话就是那个农夫说：‘你觉得这对耳朵怎么样？’

“‘不太端正。’另一个农夫回答。

“‘没关系，’农夫说，‘只要是耳朵就行。’这话倒不假。

“‘现在我要画眼睛了。’农夫说。他先画了我的右眼，刚画完，我就发现自己怀着极大的好奇心望着他，望着周围的一切，因为这是我看到世界的第一眼。

“‘这只眼睛倒蛮漂亮。’在旁边看着的芒奇金人评论道，‘蓝颜色画眼睛最合适了。’

“‘我想把另一只眼睛画大一点。’农夫说。

“第二只眼睛画好后，我看得比刚才清楚多了。接着，农夫画了我的鼻子和嘴巴。但是我没有说话，因为当时我还不知道嘴巴是做什么用的。

“我很感兴趣地看着他们做出我的身体、胳膊和腿，最后，当他把脑袋装在我的身体上时，我觉得非常自豪，认为自己像别人一样，是个像样的男子汉了。

“‘这家伙会把乌鸦吓得惊慌逃窜的，’农夫说，‘他看上去像个真人呢。’

“‘嘿，他本来就是个真人嘛。’另一个说。我很赞成他的话。

“农夫用胳膊夹着我来到玉米田，把我支在一根高高的杆子上，你就是在那里发现我的。他和他的朋友很快就走了，把我一个人留在了那里。

“我不喜欢被人这样撇下，就想去追他们。可是我的腿够不着地面，只好乖乖地待在那根杆子上。这日子真是太孤独了，因为我刚刚被做出来，没有多少东西可想。

“许多乌鸦和其他的鸟儿飞进了玉米田，但它们一看见我就又飞走了，还以为我是一个芒奇金人呢。这使我感到高兴，觉得自己是个很有用的人。

“可是渐渐地，一只老乌鸦飞到我身边，把我好好打量了一番，落在了我的肩膀上，说：‘那农夫以为用这种拙劣的把戏就能糊弄住我？任何一个有点头脑的乌鸦都看得出来，你不过是用稻草塞成的。’

“老乌鸦跳到我的脚边，饱饱儿地吃了一顿玉米。

“别的鸟儿看到我没能拿它怎么样，也都跑来吃玉米了，不一会儿，我身边就围了一大群乌鸦。

“我觉得心里很难过，这说明我根本不是一个称职的稻草人。老乌鸦安慰我说：‘只要你脑袋里有了大脑，就会像别人一样，是个像样的男子汉了，甚至比他们有些人还要好呢。在这个世界上，大脑是唯一值得拥有的东西，不管是乌鸦还是人。’

“乌鸦们飞走后，我仔细考虑了这个问题，觉得我应该努力想办法得到一些大脑。

“幸好遇到了你，把我从杆子上摘了下来。你的话使我相信，我们一到绿宝石城，伟大的奥兹就会给我大脑的。”

“我希望是这样，”多萝西真诚地说，“因为你似乎急着想得到大脑。”

“是啊，我很着急，”稻草人回答，“知道自己是个傻瓜，这感觉太让人不舒服了。”

“好吧，”小女孩说，“我们走吧。”她把篮子递给稻草人。

现在，道路两旁已经没有栅栏了，田地没有经过开垦，看上去一片荒凉。

傍晚的时候，他们来到一片大森林，树木长得又高又密，树枝在黄砖路上方交织在一起。树下则是一片昏暗，因为树枝把光线都挡住了。

可是他们没有停下脚步，继续往森林深处走去。

“这条路进了林子，就一定能从林子里出来。”稻草人说，“既然绿宝石城在道路的另一头，我们就必须一直顺着这条路走。”

“这是人人都知道的。”多萝西说。

“当然，所以我也知道。”稻草人回答，“如果需要大脑才能琢磨出来，我肯定就说不出这样的话来了。”

走了约莫一个小时，光线更暗了，他们在黑暗中跌跌撞撞地往前走。

多萝西眼前一片漆黑，但托托还能看见，有些狗在黑暗中视力很好。

而稻草人宣称可以看得和白天一样清楚。于是多萝西抓住他的胳膊，走得还算稳当。

“如果你看见有房子或能够过夜的地方，”多萝西说，“一定要告诉我。摸黑赶路可不怎么舒服。”

很快，稻草人停下了脚步。

“我看见我们右边有一座小屋，”他说，“是用木头和树枝搭成的。去还是不去呢？”

“当然要去，”小女孩回答，“我都累坏了。”

于是，稻草人领着多萝西在树林里穿行，来到那座小屋前，多萝西走进去，发现墙角有一张铺着干树叶的床。她立刻躺了上去，很快就沉沉地睡着了，托托躺在她身边。稻草人从来不会觉得累，就站在另一个墙角，耐心地等待天亮。

5

救了铁皮伐木工

一棵大树被砍了一半，
旁边站着一个全身用铁皮做的人，
高高地举着把斧头。

多萝西醒来时，阳光透过树丛洒落下来，托托早就跑出去追逐小鸟和松鼠了。多萝西坐起来，望了望四周。稻草人仍然耐心地站在墙角等她。“我们必须去找点水。”多萝西对他说。“你为什么需要水？”稻草人问。“用水洗掉脸上的灰尘。而且我还要喝水，这样干面包就不会卡在嗓子眼儿里了。”

“做一个有血有肉的人肯定很不方便，”稻草人若有所思，“必须睡觉、吃饭和喝水。不过你有大脑，能够好好地思考问题，这是多麻烦也值得的啊。”

他们离开小屋，在树丛里穿行，找到了一股清澈的泉水，多萝西就在这里洗澡、喝水、吃早饭。她发现篮子里已经没有多少面包了，小女孩暗自庆幸稻草人用不着吃任何东西，因为所剩的食物只勉强够她和托托吃上一天。她吃完后，正要回到黄砖路上，突然听见旁边传来低低的呻吟声，把她吓了一跳。

“那是什么？”她胆怯地问。

“想象不出来，”稻草人回答，“我们可以过去看看。”

这时，又听见一声呻吟，似乎是从他们后面传来的。他们转身在树林里走了几步，多萝西看到在透过树丛照射下来的一道阳光里，有一个东西在闪闪发亮。她跑过去，猛地停住脚步，发出一声惊叫。

一棵大树被砍了一半，旁边站着一个全身用铁皮做的人，高高地举着把斧头。他的脑袋、胳膊和腿上都有关节跟身体相连，但是他静止在那里，似乎一动也动不了啦。多萝西惊奇地打量着他，稻草人也是一样，托托在一旁凶巴巴地汪汪大叫，还去咬铁皮人的腿，结果硌疼了自己的牙齿。

“刚才是你在呻吟吗？”多萝西问。

“是啊，”铁皮人回答，“是我。我已经呻吟了一年多了，没有一个人过来帮助我。”“我能为你做什么呢？”多萝西轻声问。她被这个男人说话时悲哀的口气打动了。

“把油罐拿来，给我的关节上上油，”他回答，“它们全都锈死了，所以我一点也动不了。只要上足了油，我很快就会活蹦乱跳的。你可以在我小屋的架子上找到油罐。”

多萝西立刻跑回小屋，找到了油罐，返回来焦急地问：“你的关节在哪里？”

“先给我的脖子抹点油吧。”铁皮伐木工回答。他的关节锈得太厉害了，稻草人用手抓住铁皮脑袋轻轻地左右移动，慢慢地，伐木工就能自己把头转来转去了。

“现在给我胳膊上的关节上油吧。”他说。多萝西照做了，稻草人还小心地把他的胳膊弯转过来，最后，锈迹都没有了，它们又像新的一样灵活。铁皮伐木工满意地舒了口气，把手里的斧头放下来靠在树上。“总算可以松口气了。”他说，“自从锈住以后，我就一直把斧头举在空中，现在终于能放下来了，我真高兴啊。现在，如果你再帮我把两条腿的关节上上油，我就会完全恢复正常了。”

他们就给他的腿关节也上了油，直到他能够活动自如。铁皮伐木工一遍又一遍地感谢他们解救了他，看来他是个很讲礼貌的人，也有一颗感恩的心。“要不是你们，我大概会永远站在那里呢，”他说，“是你们救了我的命！你们怎么会碰巧到这里来的？”

“我们要去绿宝石城见伟大的奥兹，昨天就是在你的小屋里过夜的。”多萝西回答。

“为什么想见奥兹呢？”铁皮伐木工问。

“我想让奥兹把我送回堪萨斯去，稻草人想让奥兹往他的脑袋里放一些大脑。”她回答。

铁皮伐木工似乎好好地思索了一番，然后问道：“你说，奥兹会给我一颗心吗？”

“啊，我想会的，那就像给稻草人大脑一样，没什么难的。”

“不错。”铁皮伐木工回答，“那么，如果你允许我加入你们的队伍，我也要去绿宝石城请奥兹帮助我。”

“一起走吧。”稻草人热情地说。多萝西也说很高兴让铁皮伐木工加入他们。于是铁皮伐木工把斧头扛在肩上，又请多萝西把油罐放在她的篮子里。他说：“万一我被雨淋着，又生起锈来，就会很需要这罐油的。”

几个人一起在树林里穿行，最后来到了那条铺着黄砖的小路上。

他们重新上路后不久，就来到一个树木十分繁茂的地方，枝枝桠桠把道路都封住了，根本无法通过。幸亏有了这位新同伴，铁皮伐木工挥起斧头左右开弓，很快就辟出一条通道。

多萝西一边走一边沉思，没注意到稻草人又一脚踩进了洞里，绊倒在路边。他只好叫多萝西再把他扶起来。

“你为什么不能绕开这个洞呢？”铁皮伐木工问。

“我有点糊涂。”稻草人欢快地说，“你知道，我脑袋里塞满了稻草，所以我才要去找奥兹，请他给我一些大脑。”

“噢，明白了。”铁皮伐木工说，“其实，大脑并不是世界上最好的东西。”

“你有大脑吗？”稻草人问。

“没有，我脑袋里空空的。”伐木工回答，“可是我以前有过大脑，还有一颗心呢。这两样东西我都试过，但我更情愿要一颗心。”

“为什么呢？”稻草人问。

“我跟你说说我的故事，你就会知道了。”

于是，他们在树林里穿行时，铁皮伐木工讲了下面这个故事：

“我是伐木工的儿子，父亲在森林里砍树，靠卖木头养家糊口。长大后，我自己也成了一个伐木工。父亲死后，我照料我的老母亲，直到她终老。后来我决定不再一个人生活，而是结婚成家，这样我就不会孤单了。

“有一位芒奇金姑娘长得漂亮极了，我很快就全心全意地爱上了她。她也答应只要我挣够了钱，建一栋像样的房子，她就嫁给我。于是我干活儿比以前更卖力了。可是姑娘跟一个老妇人住在一起，她不愿意姑娘嫁人，因为她自己是个懒鬼，想让姑娘留在她身边烧饭、做家务。老妇人去找了邪恶的东方女巫，许诺说只要能阻止这场婚姻，她就送给女巫两只羊和一头奶牛。于是邪恶女巫就给我的斧头施了魔法。有一天，我正在砍木头，干得很卖力，因为我想尽快得到新房子和我的妻子，斧头突然滑落下来，砍掉了我的左腿。

“起初这似乎是一桩不幸的惨祸，我知道，缺了一条腿的人是不可能做一个很好的伐木工的。于是我找到一个铁皮匠，请他给我用铁皮做了一条新腿。我习惯了那条腿后，就觉得没有什么不方便了。可是我的做法惹恼了邪恶的东方女巫，因为她答应过老妇人不让我娶到那个美丽的芒奇金姑娘。后来有一次，我砍木头时，斧头再次滑落下来，砍掉了我的右腿。我只得又去找那个铁皮匠，他又用铁皮给我做了一条腿。在那以后，中了魔法的斧头又先后砍掉了我的两条胳膊，但我丝毫没有气馁，做了铁皮的胳膊代替它们。后来，邪恶女巫让斧头落下来，砍掉了我的脑袋，起先我以为这下子完蛋了，没想到正好遇上了铁皮匠，于是他用铁皮给我做了一个新的脑袋。

“我以为已经打败了邪恶女巫，就比以前更加卖力地干活儿，但没想到我的敌人竟然那么狠心。她想出了一个新的办法扼杀我对美丽的芒奇金姑娘的爱，让我的斧头又一次落下来，砍穿我的身体，把我劈成了两半。铁皮匠又来帮助我，用铁皮给我做了一个身体，把铁皮胳膊、铁皮腿和铁皮脑袋通过关节安在上面，这样我就可以像以前一样行动自如了。可是，唉！我现在没有心了，所以我失去了对芒奇金姑娘的所有爱情，也不再关心是不是能娶到她了。我想她也许还跟那老妇人住在一起，眼巴巴地等着我去娶她呢。

“我的身体在太阳下面闪闪发光，我感到非常骄傲，现在斧头掉下来也没有关系了，不会再把我砍伤。只有一个危险——我的关节会生锈，所以我在小屋里放了一个油罐，随时留意着，需要的时候就给自己上上油。有一天，我忘记这么做了，结果正好赶上一场暴雨，我还没有意识到危险，关节就锈住了，只好站在树林里，一直到你们来救我。但我站在这里的一年里，总算有时间想明白了，原来最大的损失就是失去了我的心。恋爱的时候，我是世界上最幸福的人，可是没有心的人是不可能恋爱的，所以我决定去请奥兹给我一颗心。如果他答应我，我就重新去找那位芒奇金姑娘，娶她为妻。”

多萝西和稻草人都对铁皮伐木工的故事很感兴趣，现在他们知道他为什么这样急着想得到一颗新的心了。

“没关系，”稻草人说，“我还是要大脑，不要心。一个傻瓜即使有了一颗心，也不知道拿它怎么办。”“我要心，”铁皮伐木工回答，“因为大脑不会使人幸福，而幸福是世界上最好的东西。”

多萝西什么也没说，她被弄糊涂了，不知道两位朋友谁说得对，后来她想到，只要她能返回堪萨斯，回到艾姆婶婶身边，这件事就不重要了，伐木工有没有大脑，稻草人有没有心，他们有没有得到自己想要的东西，就都没有关系了。

多萝西最担心的是面包差不多快吃光了，她和托托再吃一顿，篮子里就什么也没有了。当然啦，伐木工和稻草人都不吃任何东西，但她自己可不是铁皮或稻草做的，她只有吃东西才能活下去啊。

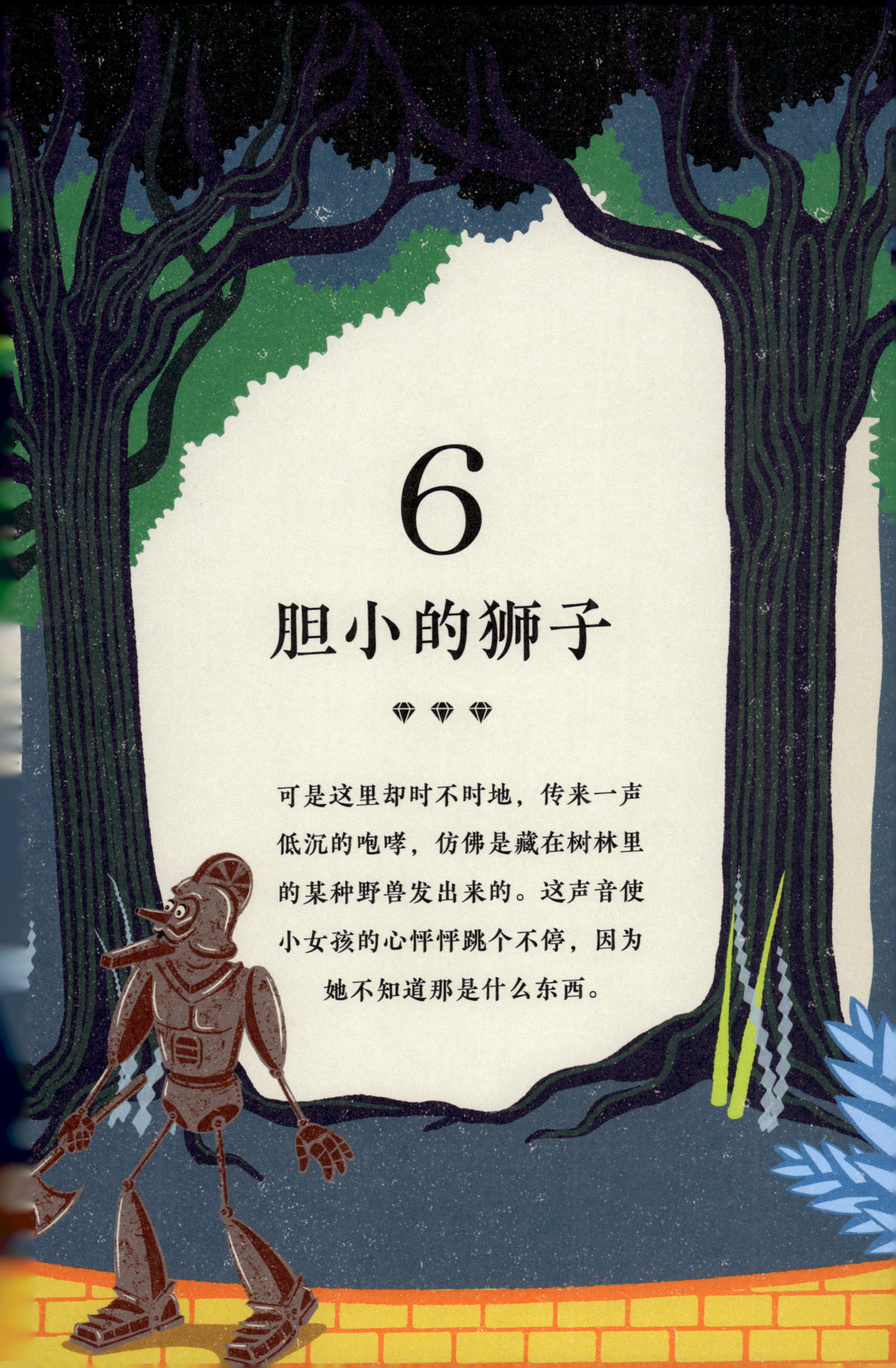

6

胆小的狮子

可是这里却时不时地，传来一声低沉的咆哮，仿佛是藏在树林里的某种野兽发出来的。这声音使小女孩的心怦怦跳个不停，因为她不知道那是什么东西。

多萝西和她的伙伴们一直在密密的树林里穿行。路上仍然铺着黄砖，但许多地方都被干树枝和枯树叶挡住了，十分难走。

树林里的这一片没有什么鸟儿，因为鸟儿喜欢阳光充足的、空旷的地方。可是这里却时不时地，传来一声低沉的咆哮，仿佛是藏在树林里的某种野兽发出来的。这声音使小女孩的心怦怦跳个不停，因为她不知道那是什么东西。然而托托知道，它紧挨着多萝西往前走，甚至没有回应着叫几声。

“还要多久才能走出树林呢？”小女孩问铁皮伐木工。

“不知道，”伐木工回答，“我从来没去过绿宝石城。小时候，我的父亲曾经去过一次，他说路很长，一路上非常危险，不过当靠近奥兹居住的那个城市时，景色是很美丽的。我只要带着我的油罐就什么也不怕，稻草人也是刀枪不入，不会受到伤害，你呢，也不用担心，因为你的脑门上带着善良女巫亲吻过的痕迹，它会保护你不受伤害的。”

“可是托托呢？”小女孩很担忧，“有什么能保护它呢？”

“如果它遇到危险，就由我们来保护。”铁皮伐木工说。

他话音刚落，树林里就传来一声可怕的吼叫，接着一头大狮子跳到了路上。

它大爪子一挥，稻草人就翻着跟斗摔到路边去了，然后它又用爪子去抓铁皮伐木工。

狮子的利爪没能在铁皮上留下任何痕迹，不过伐木工倒是摔在地上一动不动了。

小托托现在又有一个敌人需要面对了。

它汪汪叫着朝狮子跑去，狮子张开大嘴要咬小狗，而多萝西生怕托托遭到不测，不顾危险，冲上前去，使出吃奶的劲儿，朝狮子的鼻子上狠狠扇了一巴掌，喊道：

“你竟敢咬托托！你真该为自己感到害臊，这么大一头野兽，竟然去咬一只可怜的小狗！”

“我没有咬它。”狮子用爪子揉着被多萝西打到的地方。

“但你想咬来着。”多萝西反驳道，“别看你块头这么大，你不过是个胆小鬼。”

“我知道，”狮子羞愧地低下头，“我一直都知道。可是我又有什么办法呢？”

“这我可不知道。”多萝西说，“想想吧，你竟然去打一个可怜的稻草人！”

“他是稻草人？”狮子吃惊地问。

它注视着多萝西扶起稻草人，让他重新站好，并把他拍打成原来的形状。

“他当然是稻草人。”多萝西回答，她还在生气。

“怪不得那么不经打，”狮子说道，“刚才看到他接二连三地翻跟斗，真让我吃惊。另外一个也是稻草人吗？”

“不是，”多萝西说，“他是铁皮做的。”

她说着把伐木工也扶了起来。

“怪不得他差点把我的爪子都磨秃了。”狮子说，“爪子抓在铁皮上时，我后背一阵发冷。还有，你那么爱护的那只小动物是什么呀？”

“它是我的小狗，名叫托托。”多萝西回答。

“它是铁皮做的，还是稻草塞的？”狮子问。

“都不是，它是一只……一只……一只有血有肉的狗。”小女

孩说。

“噢！它真是个奇妙的动物，现在我仔细看看，发现它确实是很小。除了我这样的胆小鬼，谁也不会想要去咬这么一个小家伙的。”狮子悲哀地说。

“是谁把你变成胆小鬼的呢？”多萝西问。

她不禁惊讶地望着眼前这个庞大的野兽，它简直有一匹小马那么大呢。

“这是一个谜，”狮子回答，“我想我大概生下来就是这样。树林里的其他动物都想当然地以为我很勇敢，因为不管在哪里，狮子都被认为是百兽之王。后来我才知道，如果我高声吼叫，活着的东西都会害怕，躲得远远的。每次我碰到一个人，我都会怕得要死，但我只要冲他一吼，他就会忙不迭地逃走了。如果大象、老虎和狗熊胆敢来跟我较量，就该轮到我逃跑了——我的胆子可真小啊。可那些动物一听到我的吼声，就都赶紧躲开了，我呢，当然也就随它们去了。”

“可是这样不好。百兽之王不应该是个胆小鬼。”稻草人说。

“我知道，”狮子一边回答一边用尾巴尖擦去一滴眼泪，“这是让我很痛苦的一件事，使我的生活很不开心。可是一遇到危险，我的心就怦怦跳个不停。”

“也许你有心脏病。”铁皮伐木工说。

“说不定呢。”狮子说。

“如果是这样，”铁皮伐木工继续说，“你应该感到高兴，这说明你至少是有心的。拿我来说吧，我没有心，所以也不可能有心脏病。”

“如果我没有心，”狮子若有所思地说，“也许我就不会是个胆小鬼了。”

“你有大脑吗？”稻草人问。

“我想是有的吧，我从来没有检查过。”狮子回答。

“我要去请求伟大的奥兹给我一些大脑，”稻草人说，“因为我的脑袋里塞满了稻草。”

“我要去请求他给我一颗心。”伐木工说。

“我要去请求他把我和托托送回堪萨斯。”多萝西也说。

“你们说，奥兹能给我勇气吗？”胆小的狮子问。

“这太容易了，容易得就像他给我大脑。”稻草人说。

“就像他给我一颗心。”铁皮伐木工说。

“就像他送我回堪萨斯。”多萝西说。

“那么，如果你们不反对的话，我想跟你们一起去，”狮子说，“要是一点勇气都没有的话，我简直无法忍受我的生活。”

“非常欢迎，”多萝西回答，“你可以帮我们赶跑别的野兽。在我看来，如果它们这么容易就被你吓跑，肯定比你还要胆小呢。”

“确实是的，”狮子说，“但这并不能使我变得勇敢一些，只要知道自己是个胆小鬼，我就会一直不开心的。”

就这样，这支小队伍又出发了。

狮子威风凛凛地迈着大步，走在多萝西身旁。托托起先不太喜欢这个新伙伴，无法忘记自己刚才差点被狮子的大爪子捏得粉碎。但过了一阵，它就自在多了，很快，托托和胆小的狮子就成了好朋友。

那天，再没有更多的事情干扰他们旅途的平静。对了，有一次铁皮伐木工不小心踩到了从路上爬过的一只甲虫，把那可怜的小东西给踩死了。这使铁皮伐木工非常伤心，眼泪顺着他的面颊慢慢滚落下来，渗进了下巴的关节里，把它们给锈住了。他害怕极了，一个劲儿地做手势，示意多萝西把他解救出来，但小女孩弄不懂他的意思。狮子也不明白到底是怎么回事。多亏稻草人赶紧从多萝西的篮子里拿出油罐，给伐木工的下巴抹了些油，过了一会儿，他又可以像以前一样说话了。

“这给了我一个教训，”他说，“走路必须留神。万一我再踩死一只毛毛虫或甲壳虫，我肯定还会哭的，一哭，下巴就锈住，我就不能说话了。”

从那以后，他走路格外小心，眼睛盯着路面，看见一只小蚂蚁在路上爬，就会抬脚跨过，以免把它给踩着。铁皮伐木工很清楚自己是没有心的，所以他总是非常小心，不要对任何生命表现出残酷和不仁慈。

“你们这些有心的人，”他说，“有东西在引导你们，所以永远不会做错事。可是我没有心，我必须格外小心才是。”

7

去见大魔法师奥兹的路上

刚走了不到一小时，就看见面前有一道大沟横在路上，大沟两边伸入道路左右的树林，一眼望不到头。

附近没有房屋，他们只好在树林里的一棵大树下面过夜。茂密的树叶为他们遮挡了露水，铁皮伐木工用他的斧头劈了一大堆柴火，多萝西生起一堆旺火，温暖着她，她不再感到那么孤单了。她和托托吃光了最后一点面包，现在真不知道第二天的早饭该怎么办了。

“如果你愿意”，狮子说，“我就去给你弄一只鹿来。你可以用火烤烤它，因为你的口味很怪，习惯吃熟的东西，这样你就有一顿丰盛的早饭了。”

“不！求你别这么做，”铁皮伐木工请求道，“如果你咬死一只可怜的鹿，我肯定会哭的，那样我的下巴就又会锈住了。”

狮子走进树林，给自己找了顿晚餐，谁都不知道那是什么，它自己也没有说。稻草人发现有一棵树上长满了坚果，就用它们把多萝西的篮子装得满满的，这样多萝西很长时间都不会挨饿了。她觉得稻草人心肠很好、很会体贴人，她看到他笨手笨脚摘坚果的样子，被逗得哈哈大笑。稻草人的双手是稻草做的，一点也不灵活，而坚果又是那么小，所以他撒落在地上的坚果跟放进篮子里的一样多。不过稻草人倒不在乎装满篮子要花多少时间，因为这样他便能避开火堆。他担心火星子落进他的稻草里，把他整个儿烧掉，所以远远地避开火苗，只是在多萝西躺下睡觉时，才过来把干树叶盖在她身上。这些树叶让多萝西感到温暖舒服，她香香甜甜地一觉睡到天亮。

早晨，小女孩在一条微波涟漪的小溪里洗了脸，很快大家又出发，朝绿宝石城走去了。刚走了不到一小时，就看见面前有一道大沟横在路上，大沟两边伸入道路左右的树林，一眼望不到头。沟很宽，也很深，而且沟底有许多参差不齐的大岩石。沟壁陡峭，谁也不可能爬下去。一时间，他们的旅途似乎只能到此为止了。

“我们该怎么办呢？”多萝西绝望地问。“我一点也不知道。”铁皮伐木工说。狮子摇了摇它乱蓬蓬的鬃毛，似乎在思索什么。

可是稻草人说：“我们都不会飞，也不可能爬进这么深的沟里。所以，如果我们跳不过去的话，就只好在这里停下来了。”

“我觉得我能跳过去。”胆小的狮子在心里仔细估了估距离。

“那就没问题了，”稻草人回答，“你可以把我们驮在你的背上带过去，一次驮一个。”“好吧，我试试吧。”狮子说，“谁先来？”

“我，”稻草人自告奋勇，“因为要是你发现自己跳不过去，多萝西就会摔死，铁皮伐木工就会被下面的岩石磕得坑坑洼洼。而我即使掉下去也不会受伤。”

“我自己可特别害怕摔下去呢，”胆小的狮子说，“可是我想除了试一试，没有别的办法。来吧，到我的背上来，我们试试吧。”

稻草人坐在狮子背上，那庞大的野兽走到沟边，伏下身子。

“你为什么不先跑几步再起跳呢？”稻草人问。

“因为我们狮子一般不那么做。”狮子回答。然后它猛地一跃，身体凌空而过，稳稳地落在了沟的另一边。大家看到它这么轻松地就跳过去了，都非常高兴，狮子放下稻草人，又跳回沟的这一边来。

接下来就轮到多萝西了，她抱起托托，爬上了狮子的背，用一只手紧紧抓住狮子的鬃毛。说时迟那时快，她感觉自己像是突然飞了起来，还没等她反应过来，就已平平安安地到了沟的那一边。狮子第三次回去接铁皮伐木工过来，然后，大家都坐下来歇了歇，让大狮子有机会喘口气，这几次跳跃已经把它累得气喘吁吁了，它像一只跑了远路的大狗一样呼哧呼哧喘个不停。

他们发现大沟这一边的树林非常茂密，看上去黑黢黢、阴森森的。狮子缓过劲儿来以后，他们又顺着黄砖路往前走，每个人心里都在默默地打鼓，不知还能不能走出这片林子，再次看到灿烂的阳光。更让他们感到不安的是，他们很快听见树林深处传来一些奇怪的声音。狮子小声告诉他们，卡利达就住在这片地方。

“卡利达是什么？”小女孩问。“是种庞大的野兽，长着狗熊的身体、老虎的脑袋，”狮子回答，“它们的爪子又长又锋利，一下子就能把我撕成两半，就像我对付托托一样。我对卡利达怕得要死。”“你感到害怕，我并不奇怪，”多萝西说，“它们准是非常可怕的野兽。”

狮子刚要回答，突然面前又有一道深沟横在路上。这道沟太宽、太深了，狮子立刻就知道自己是不可能跳过去的。

于是，大家坐下来商量该怎么办。经过认真的思考，稻草人说：“这里有一棵大树，离沟很近。如果铁皮伐木工能把它砍倒，让它落在沟的对面，我们就能轻轻松松地走过去了。”“这真是个绝妙的主意，”狮子说，“简直要教人怀疑你脑袋里装的是大脑，而不是稻草了。”

伐木工立刻干了起来，他的斧头非常锋利，很快大树就差不多被砍断了。然后狮子把它有力的前爪搭在树上，使出浑身的劲儿推着，大树慢慢倾斜，随着“轰”的一声巨响，倒下来架在了沟上。

他们刚要走过这座奇特的独木桥，突然听到一声刺耳的吼叫，他们都抬起头来，惊恐地看着两只巨大的野兽朝他们跑来。野兽都长着狗熊的身体、老虎的脑袋。

“它们就是卡利达。”胆小的狮子说着，就开始发起抖来。

“快！”稻草人喊道，“我们快过去。”

多萝西抱着托托走在前面，铁皮伐木工紧随其后，接着是稻草人。狮子心里肯定怕得不行，但它还是转过去面对卡利达，发出一声非常可怕的吼叫，震得地动山摇，吓得多萝西惊叫起来，稻草人仰面摔倒，就连那些凶狠的野兽都停住脚步，吃惊地望着它。

但卡利达看到自己比狮子块头大，又想起它们有两个，而狮子只有一个，便又冲了过来。狮子赶紧跑过独木桥，转身看它们要做什么。那两只凶狠的野兽毫不迟疑地也开始过桥。狮子对多萝西说：

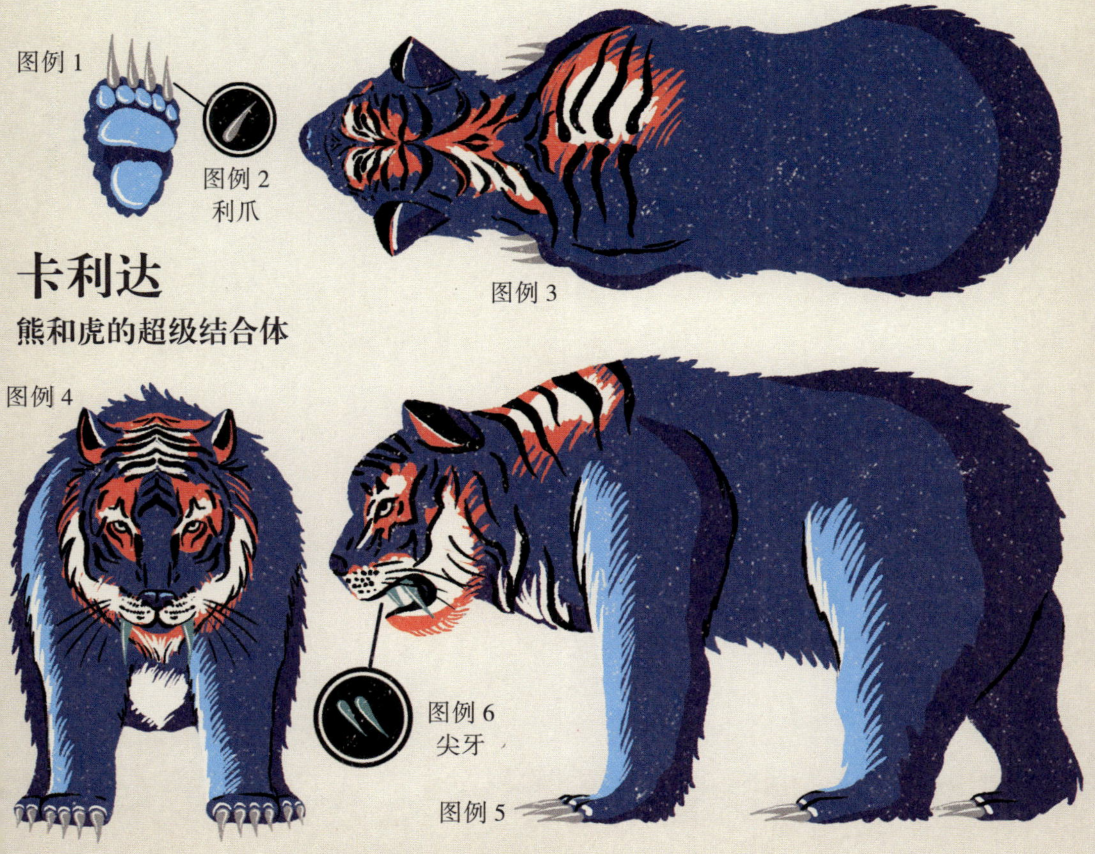

“我们完蛋了，它们肯定会用锋利的爪子把我们撕得粉碎的。快站到我身后去吧，我只要活着，就要跟它们拼到底。”

“等等！”稻草人说。他一直在考虑怎么做最合适，现在他让伐木工把搭在深沟这一边的树梢砍掉。铁皮伐木工立刻挥起了斧头，就在卡利达快要过来时，大树哗啦啦地落进了沟里，把那两个丑陋的野兽也带了下去，它们都在沟底锋利的岩石上摔得粉身碎骨。

“好了，”胆小的狮子长吐了一口气，放心地说，“看来我们可以多活一些时候了，对此我很高兴，因为不能活着肯定是件糟糕的事情。那些家伙可把我吓得够呛，我的心现在还怦怦乱跳呢。”

“唉，”铁皮伐木工悲哀地说，“真希望我也有一颗会跳的心。”

经过这次遇险，几个旅行者比先前更急着离开树林了。他们走得飞快，多萝西觉得累了，只好骑在狮子背上。令他们兴奋的是，越往前走，树木就变得越稀少了。下午，突然出现了一条宽阔的河，湍急的河水在他们面前流淌。河的对岸，那条黄砖路在一片美丽的景色中延伸，碧绿的草坪上点缀着鲜花，道路两边是一排排挂满诱人果实的树。他们看到对岸如画的风景，都开心极了。

“怎么过河呢？”多萝西问。“太容易了，”稻草人回答，“铁皮伐木工可以给我们做一个木筏子，我们坐筏子漂到对岸去。”

伐木工就拿出斧头，砍一些小树做木筏子。他干活儿的时候，稻草人在岸边发现一棵树上结着美味的果子。多萝西很高兴，她整天除了坚果，什么也没吃。于是，她美美地吃了一顿熟透了的水果。

可是做木筏子是需要时间的，尽管铁皮伐木工那么卖力、不知疲倦地工作，但是到了晚上，木筏子还没有做完。他们就在树下找了一个舒服的地方，一觉睡到第二天早晨。多萝西梦见了绿宝石城，梦见了善良的魔法师奥兹，他很快就要把她送回家乡去了。

8

有毒的罂粟田

他们前面是一片阳光灿烂、
令人心旷神怡的美景，
似乎在招呼他们前往
绿宝石城去。

第二天早晨醒来时，这支小小的旅行队精神焕发，内心充满了希望，多萝西像公主一样享用了早饭，吃的是河边树上采来的桃子和李子。

他们身后是那片阴森森的树林，尽管遭遇了许多令人灰心丧气的挫折，但总算是平安地从里面出来了。

他们前面是一片阳光灿烂、令人心旷神怡的美景，似乎在招呼他们前往绿宝石城去。当然，眼前这条大河把他们同那片美丽的土地隔了开来。木筏子快要做好了，只要铁皮伐木工再砍下几根木头，用木钉把它们固定在一起，他们就可以出发了。

多萝西抱着托托坐在木筏子中央。当胆小的狮子跨上来时，木筏子突然朝一边倾斜过去，因为它的身体又大又重。

于是稻草人和铁皮伐木工赶紧站到另一边，使木筏子保持了平稳，他们手里还拿着长长的杆子，推着木筏子在水里前进。

刚开始一切顺利，可是来到河中央时，湍急的水流把木筏子向下游冲去，渐渐地远离了那条黄砖路。

河水变得越来越深，长杆子插下去够不到底。

“真糟糕，”铁皮伐木工说，“如果到不了对岸，我们就会被河水带到西方邪恶女巫的国度，她会给我们施魔法，把我们变成她的奴隶。”

“那样我就得不到大脑了。”稻草人说。

“我就得不到勇气了。”胆小的狮子说。

“我就得不到心了。”铁皮伐木工说。

“我就再也不能回到堪萨斯去了。”多萝西说。

“只要有一线希望，我们就一定要去绿宝石城。”稻草人又说。他把手里的长杆子使劲一推，把它牢牢扎进了河底的淤泥里。接着，还没等他把杆子再拔出来——或松手放开——小筏子就被河水冲走了。

可怜的稻草人抱着杆子，孤零零地被留在了河中央。

“别了！”他冲着他们的背影喊道。

伙伴们都为离开稻草人而感到非常难过。真的，铁皮伐木工都哭了起来，幸好他想起了自己会生锈，就用多萝西的围裙把眼泪擦干了。

不用说，这对稻草人来说是一件倒霉的事。

“我现在比遇见多萝西之前还要糟糕呢，”他想，“那时我是竖在玉米田里的一根杆子上，至少还可以装装样子，吓跑乌鸦。如今在

这河中央，一个抱在杆子上的稻草人肯定是毫无用处的。唉，恐怕我永远也不会得到大脑了！”

木筏子向下游漂去，可怜的稻草人被远远地抛在了后面。这时狮子说道：

“必须想办法逃命。我想，我可以拖着木筏游到岸边，你们只要紧紧抓住我的尾巴尖。”

它说完就一头跳进了水里，铁皮伐木工牢牢地抓住它的尾巴。狮子使出全身的力气朝岸边游去，尽管它体格庞大，但这也很不容易做到，不过他们总算一点一点地离开了湍急的水流。多萝西接过铁皮伐木工手里的长杆子，帮着把木筏子靠向岸边。

木筏子终于靠了岸，他们来到绿茵茵的草地上，一个个全都累坏了，而且，他们发现水流使他们远远偏离了那条通向绿宝石城的黄砖路。

“现在怎么办呢？”铁皮伐木工问。狮子在草地上躺下来，让阳光把它身上的水晒干。

“必须想办法回到那条路上去。”多萝西说。

“最好的办法是顺着河岸走，直到再回到那条路上。”狮子说。

于是，休息好了以后，多萝西拎起篮子，他们顺着长满绿草的河岸，朝着黄砖路的方向走去。周围的景色漂亮极了，有那么多令人愉快的鲜花、果树和阳光，要不是为可怜的稻草人感到那么难过，他们本来是会非常愉快的。

他们加快速度赶路，多萝西只停下来一小会儿，采了一朵美丽的小花。

过了不久，铁皮伐木工突然大喊：“看！”

大家朝河面望去，只见稻草人还待在河中央的那根长杆子上，显得非常孤独和悲哀。

“我们怎么救他呢？”多萝西问。

狮子和伐木工都摇了摇头。他们在岸边坐下来，忧伤地望着稻草人。

一只鹳飞来了，看见了他们，便在水边停住了。

“你们是谁，要上哪里去？”鹳问。

“我是多萝西，”小女孩回答，“这些是我的朋友——铁皮伐木工和胆小的狮子，我们要去绿宝石城。”

“不是这条路。”鹳说。它扭过长长的脖子，打量着这奇怪的一伙。

“我知道，”多萝西回答，“可是我们把稻草人给弄丢了，正在发愁怎么把他救回来呢。”

“他在哪儿？”鹳问。

“在河里呢。”小女孩回答。

“如果他不是这么大、这么重，我倒可以帮你们把他弄来。”鹳说。

“他一点也不重，”多萝西急忙解释道，“他是稻草做的。如果你能帮我们把他弄回来，我们会对你感激不尽的。”

“好吧，我试试，”鹳说，“如果我发现他太重，就只好把他扔回河里去。”

那只大鸟飞向空中，飞过河面，来到稻草人抱着杆子的地方。鹳用它的大爪子抓住稻草人的胳膊，拎着他凌空飞起，回到了岸边。多萝西、狮子、铁皮伐木工和托托都坐在那里等着呢。

稻草人回到了朋友们中间，真是高兴极了，他挨个儿拥抱他们，包括狮子和托托。重新上路后，他每走一步就要唱一句“托——德——里——德——嘿！”他的心情实在是太好了。

“我还担心我要永远待在河里了呢，”他说，“幸亏善良的鹳救

了我，如果我能得到大脑，就要找到那只鹳，为它做一些好事来报答它。”

“没关系，”跟他们一起往前飞的鹳说，“我一向愿意帮助遇到麻烦的人。但我现在得走了，我的小宝宝还在窝里等着我呢。我希望你们能找到绿宝石城，希望奥兹能帮助你们。”

“谢谢！”多萝西说。于是善良的鹳就飞向空中，很快不见了踪影。

他们一边走，一边听着五颜六色的小鸟的歌唱，看着美丽可爱的各种鲜花。这里有大朵大朵的黄花、白花、蓝花和紫花，还有一大簇一大簇鲜红色的罂粟花，那颜色真鲜亮啊，简直照得多萝西睁不开眼睛。

“真漂亮啊，是不是？”小女孩问，一边嗅着这些绚丽花朵的浓郁芬芳。

“我想是的，”稻草人回答，“等我有了大脑，我大概会更喜欢它们的。”

“我要是有一颗心，准会爱上它们呢。”铁皮伐木工也说。

“我一直很喜欢花，”狮子说，“它们看上去那样弱小、可怜。森林里的花都不如这些鲜艳。”

越往前走，鲜红色的大罂粟就越多，其他的花就越少。很快，他们来到了一大片罂粟田的中央。

大家都知道，如果有许多这样的花聚集在一起，它们的香气就会很浓烈，任何人闻了都会睡着，而如果睡着的人不被及时转移，离开这些花香，他就会一直沉睡下去，永远醒不过来了。可是多萝西不知道这一点。

不一会儿，她的眼皮就变得沉重起来，她觉得必须坐下来睡一觉才好。

可是铁皮伐木工不许她这么做。

“我们必须抓紧时间，赶在天黑前回到黄砖路上。”他说。稻草人也赞同他的话。

于是，他们继续往前走，最后多萝西简直站都站不住了，眼睛也不听使唤地合上了，她忘记了自己是在哪里，一下子倒在罂粟丛中，沉沉地睡着了。

“我们该怎么办呢?”铁皮伐木工问。

“如果把她留在这儿，她会死的，”狮子说，“花的香气在要我们大家的命呢。我自己也困得睁不开眼睛，小狗也已经睡着了。”

确实，托托已经倒在了小女主人身边。稻草人和铁皮伐木工不是血肉之身，花香对他们没有丝毫影响。

“快跑，”稻草人对狮子说，“尽快离开这片有毒的花田。我们抬着小女孩走，但如果你睡过去了，你块头这么大，我们可抬不动。”

狮子赶紧抖擞起精神，使出全身的力气往前跑，一眨眼就跑得没影儿了。

“我们用手搭一张椅子，抬着她走吧。”稻草人说。他们抱起托托，把小狗放在多萝西的膝盖上，然后他们用手搭成一把椅子，拿胳膊当靠背，抬着熟睡的小女孩穿过花丛。

走啊走啊，周围一望无际的毒花似乎永远没有尽头。他们顺着河流的弯道往前走，最后碰到了他们的朋友狮子，它已经躺在罂粟花田里呼呼大睡了。对这个庞大的野兽来说，鲜花的气味太浓烈，它终于挺不住了。

其实，从它倒下的地方再往前一点点，这片罂粟田就到头了，前面是一片绿茵茵的草地。

“我们拿狮子没有办法了，”铁皮伐木工悲哀地说，“它太重了，我们抬不动。只好把它留在这里，让它永远沉睡下去了，也许它会梦见自己终于找到了勇气。”

“我很难过，”稻草人说，“狮子虽然胆小，却是一个很好的伙伴。可我们没有办法，只能继续赶路了。”

他们抬着熟睡的小女孩来到河边一处风景怡人的地方，远远离开罂粟田，不让多萝西再闻到花的毒气，他们把她轻轻放在柔软的草地上，等待清新的微风把她唤醒。

9

田鼠女王

等野猫跑近了一些，铁皮伐木工才看清它前面跑着一只灰色的小田鼠，尽管伐木工没有心，也知道野猫想要咬死这么一只漂亮的、柔弱温和的动物是不对的。

“我们离黄砖路可能不远了，”稻草人站在小女孩身边说，“因为现在差不多到了河流把我们冲走的地方。”

铁皮伐木工刚要回答，突然听见一声低吼，他转过脑袋，看见一个奇怪的野兽冲过草地，朝他们扑来。

那其实是一只很大很大的野猫，伐木工认为它准是在追赶什么东西，因为它的耳朵紧紧贴在脑袋上，嘴巴张得大大的，露出两排丑陋的牙齿，两只眼睛像两个燃烧的火球。

等野猫跑近了一些，铁皮伐木工才看清它前面跑着一只灰色的小田鼠，尽管伐木工没有心，也知道野猫想要咬死这么一只漂亮的、柔弱温和的动物是不对的。

于是伐木工举起斧头，在野猫跑过时，“嗖”地一斧头砍下去，野猫的脑袋就跟身体分了家，变成两截，滚落到伐木工脚边。

田鼠从敌人的追捕中被解救出来了，它停住脚步，慢慢走到伐木工面前，用又尖又细的小声音说：

“哦，谢谢你！非常感谢你救了我的命。”

“请你别这么说，”伐木工回答道，“你知道吗，我是没有心的，所以格外留心去帮助所有那些需要朋友的人，尽管那也许只是一只老鼠。”

“只是一只老鼠！”小动物气愤地喊了起来，“哎呀，我可是女王呀——是所有田鼠的女王！”

“哦，是吗？”伐木工说着，鞠了一躬。

“所以，你救我一命，实在是做了一件既勇敢又了不起的事情呢。”女王接着说。

就在这时，几只田鼠用它们的小短腿快速地跑了过来，一看见它们的女王，就喊道：

“哦，陛下，我们还以为您被咬死了呢！您是怎么从那只大野猫的手里脱身的呢？”它们在小女王面前深深地鞠躬，身体都快倒立起来了。

“是这个滑稽的铁皮人杀死了野猫，救了我一命。”女王回答，“从今往后，你们都必须效忠于他，满足他每一个小小的愿望。”

“遵命！”所有的田鼠用尖厉的小嗓音齐声喊道。突然，它们匆匆忙忙朝四面八方跑去。

因为这时候托托从梦中醒来了，它看到身边有这么多田鼠，开心地大叫一声，纵身跳到它们中间。托托在堪萨斯的时候就总爱追老鼠玩，它觉得这样做没什么不好。

铁皮伐木工一把将小狗抱在怀里，搂得紧紧的，同时对田鼠们喊道：

“回来！回来！托托不会伤害你们的。”

田鼠女王从草丛中探出它的脑袋，用胆怯的小声音问道：“你能肯定它不会咬我们？”

“我不会让它咬的，”伐木工说，“所以别害怕。”

田鼠们一个个又溜了回来，托托没有再汪汪乱叫，不过它使劲想挣脱伐木工的怀抱，它很清楚伐木工是铁皮做的，不然早就咬他了。

最后，一只最大的田鼠说话了。

“我们能做什么事情，”它问，“来报答你对我们女王的救命之恩呢？”

“我看没有什么。”伐木工回答。

稻草人一直在使劲地想，但他脑袋里满是稻草，什么也想不出。

这时候，他接口说道：

“哦，有的！你们可以去救我的朋友——胆小的狮子，它在罂粟田里睡着了。”

“一头狮子！”小不点儿女王喊道，“哎呀，它会把我们都吃掉的。”

“哦，不会，”稻草人赶紧表明，“这头狮子是个胆小鬼。”

“真的？”田鼠问。

“它自己这么说的，”稻草人回答，“只要是我们的朋友，它是绝对不会去伤害的。如果你们帮助我们去救它，我保证它会友好地对待你们大家的。”

“很好，”女王说，“我们相信你。可是我们要怎么做呢？”

“是不是有许多田鼠称你为女王，愿意服从你的命令？”

“哦，是的，有成千上万呢。”它回答。

“那就叫它们全都尽快赶到这里来，让每只田鼠带一根长绳子。”

女王转向它的随从，命令它们立刻去把所有臣民都叫来。田鼠们听了吩咐，立刻撒开腿脚，拼命地朝四面八方跑去。

“现在，”稻草人对铁皮伐木工说，“你必须到河边的树丛里，做一个能抬得动狮子的担架。”

伐木工立刻赶到树丛那里，埋头干了起来。他砍去粗树枝上的树叶和枝杈，很快就做成了一个担架。接着，他用木钉子把担架固定在一起，又从一个大树桩上弄了几块短木头做了四个轮子。

他的活儿干得又快又好，当田鼠开始络绎不绝地赶来时，担架已经给它们准备好了。

田鼠从各个方向赶来，有成千上万之多：大田鼠、小田鼠、中不溜儿的田鼠，每只田鼠嘴里都叼着一截绳子。

这时，多萝西从她长长的睡梦中醒来，睁开了眼睛，看到自己躺在草地上，周围几千只田鼠羞答答地望着她，真是惊讶极了。

稻草人把事情原原本本地告诉了她，然后转向高贵的田鼠女王，说道：

“请允许我把女王陛下介绍给你。”

多萝西严肃地点点头，女王欠身行了个礼，对小女孩非常友好。

现在，稻草人和伐木工开始用田鼠带来的绳子，把它们一只只都绑在担架上。绳子的一头绕在每只田鼠的脖子上，另一头系在担架上。

当然啦，这担架比任何一只要拉它的田鼠都大一千倍，可是等所有的田鼠都套上绳子后，就能很轻松地拉动它了。就连稻草人和铁皮伐木工也能坐在担架上，被那些古怪的小马驹儿迅速拉向狮子睡觉的地方。

狮子实在是太重了，田鼠们费了九牛二虎之力，总算把它弄上了担架。

然后女王赶紧向它的臣民下令出发，它担心田鼠们在罂粟田里待得太久，也会沉沉睡去的。

这些小田鼠虽然数量很多，但一开始根本拖不动那被狮子压得沉甸甸的担架。幸亏有伐木工和稻草人在后面使劲推，田鼠拖起来就轻松多了。它们很快就拉着狮子出了罂粟田，来到绿草地上，狮子又可以闻到清新甜蜜的空气，而不是罂粟花散发的毒气了。

多萝西过来迎接他们，她热情地感谢小田鼠们把她的朋友从死亡线上拉了回来。看到它得救，多萝西别提有多高兴了！

然后，她帮田鼠们解开了绑在担架上的绳子，它们四下散开，穿过草丛回家去了。

田鼠女王是最后一个离开的。

“如果你们什么时候再需要我们，”田鼠女王说，“只需到田里来喊一声，我们就会听见，出来帮助你们的。再见！”

“再见！”他们齐声回答。女王跑开了，多萝西紧紧搂住托托，生怕它追上去吓着女王。

他们坐在狮子身边，等着他醒来。

稻草人给多萝西送来一些树上摘的水果，多萝西就拿它们当午饭吃了。

10

看门人

……没过多久，他们就来到了那条黄砖路上，重新朝着大魔法师奥兹居住的绿宝石城走去。

胆小的狮子过了一段时间才醒来，因为它在罂粟田里躺了很久，吸入了它们有毒的香气。它睁开眼睛，一骨碌从担架上滚下来，发现自己还活着，高兴极了。“我拼足了劲儿往前跑，”它坐起来打了个哈欠，“可是花的香气太浓了。你们是怎么把我弄出来的？”

他们就跟狮子讲了那些田鼠怎样好心地把它从死神手里救了回来。

胆小的狮子哈哈大笑，说：

“我一向以为自己是个庞然大物，令人害怕，没想到花朵这样的小东西差点要了我的命，田鼠这样的小动物倒把我给救了。这一切是多么神奇啊！可是，伙伴们，我们现在该做什么呢？”

“我们必须继续赶路，直到重新找到那条黄砖路，”多萝西说，“然后走到绿宝石城去。”

等到狮子完全恢复过来，觉得精神抖擞了，他们便又出发了。走在柔软清新的草地上，他们个个兴高采烈，没过多久，他们就来到了那条黄砖路上，重新朝着大魔法师奥兹居住的绿宝石城走去。

道路很平坦，砖头铺得整整齐齐，周围的景色非常美丽，几位旅行者很高兴远远离开了那片树林，把他们遇到的那么多危险都留在了那昏暗的阴影里。他们看见道路旁边围着栅栏，这些栅栏都漆成了绿色，接着又看见一座小房子，房子也是漆成绿色的。整个下午，他们经过了好几座这样的房子，有时人们走到门口朝他们张望，似乎很想过来问一些问题。可是，大狮子太吓人，所以没有人敢走上前来和他们说话。人们都穿着漂亮的鲜绿色的衣服，戴着芒奇金人那样的尖顶帽子。

“这一定就是奥兹国，”多萝西说，“我们肯定很快就要到绿宝石城了。”“是啊，”稻草人说，“这里的每样东西都是绿的，而芒奇金人最喜欢蓝色。可是，这里的人似乎不如芒奇金人那样友好，我担心我们恐怕找不到地方过夜呢。”“我真想吃点不是水果的东西，”小女孩说，“托托肯定都快饿死了。我们在下一户人家停一停，跟他们说说话吧。”

于是，当他们来到一户体面的农家时，多萝西勇敢地走到门口，敲了敲门。一位妇人把门只开了一道缝往外看，问道：“孩子，你需要点什么，为什么那只大狮子跟你在一起？”“如果你允许的话，我们想在你这儿过夜。”多萝西回答，“狮子是我的朋友和同伴，它是绝对不会伤害你的。”“它被驯服了吗？”妇人问，把门开得稍大一些。“噢，是的，”小女孩说，“而且，别看它块头大，它可是个胆小鬼。比起你怕它，它更怕你呢。”

“好吧，”妇人考虑了一番，又朝狮子瞥了一眼，“如果是那样，你们就进来吧，我给你们弄一些晚饭，再找个地方给你们睡觉。”

他们都进了房子，家里除了那妇人外，还有两个孩子和一个男人。男人的腿受伤了，躺在墙角的沙发床上。看见进来这么一支奇怪的队伍，他们似乎都吃了一惊，妇人摆放餐具准备开饭时，男人问道：“你们都要上哪儿去啊？”

“去绿宝石城，”多萝西说，“去见伟大的奥兹。”

“哦，真的吗？”男人惊叫道，“你能肯定奥兹愿意见你们？”

“为什么不愿意呢？”多萝西问。

“是这样，我听说他从不让任何人到他跟前去。我去过绿宝石城许多次，那真是一个美丽奇妙的地方。可是每次都不准我去拜见伟大的奥兹，而且我也不知道有哪个大活人曾经见过他。”

“他从不出来吗？”稻草人问。

“从不。他整天整天坐在他宫殿的觐见室里，就连那些在他身边伺候他的人也没有面对面地见过他。”

“他长得什么样呢？”小女孩问。

“这可不好说。”男人若有所思地说，“你看，奥兹是个伟大的魔法师，可以随心所欲地改变自己的模样。所以有人说他像一只鸟，有人说他像一头大象，有人说他像一只猫。在另一些人看来，他是一个美丽的仙女、一个小精灵或是他喜欢的任何形态。可是真正的奥兹到底是谁，他什么时候才是他自己，那是谁也说不清的。”

“那真是很奇怪。”多萝西说，“可是我们必须想办法争取见到他，不然这么大老远地赶来就白费了。”

“你们为什么希望见到可怕的奥兹呢？”男人问。“我想让他给我一些大脑。”稻草人抢着说。“哦，这对奥兹来说不费吹灰之力，”男人很有把握，“他的大脑多得用不了。”

"我想让他给我一颗心。"铁皮伐木工说。"那也难不倒他，"男人继续说，"奥兹有数不清的各种各样、大大小小的心。"

"我想让他给我勇气。"胆小的狮子说。"奥兹在他的觐见室里存着一大罐勇气呢，"男人说，"用一只金盘子盖着，不让勇气流淌出来。他肯定很愿意给你一些。"

"我想让他把我送回堪萨斯。"多萝西说。"堪萨斯在哪里？"男人吃惊地问。"不知道，"多萝西悲哀地回答，"那是我的家，它准是在一个什么地方的。"

"很有可能。是啊，奥兹没有什么事情做不到，我想他肯定会为你找到堪萨斯的。可是你必须先见到他，那恐怕不太容易。因为大魔法师不愿意见任何人，而且他总是自己想怎么样就怎么样。你想要什么呢？"他接着对托托说。托托只是摇了摇尾巴。

这时候，妇人招呼他们说晚饭已经准备好了。于是，大家围坐在桌旁。多萝西喝了一些美味的粥，又吃了炒鸡蛋和好吃的白面包。狮子也喝了一些粥，但不太喜欢，说这粥是燕麦做的，而燕麦是给马吃的，不是给狮子吃的。稻草人和铁皮伐木工什么也没吃。托托每样东西都吃了一点，它很高兴终于吃到了一顿像样的晚餐。

然后，妇人安排了一张床给多萝西睡觉，托托躺在她身边，狮子守在她的房门口，不让她受到打扰。稻草人和铁皮伐木工站在一个墙角，整夜都保持着安静，他们当然是不可能睡觉的。

第二天早晨，太阳刚升起，他们就上路了。很快，半空中就出现了一道美丽的绿光。"那一定就是绿宝石城。"多萝西说。

他们继续往前走，绿光越来越明亮，似乎旅行终于要到终点了。然而，直到下午他们才来到城墙下。城墙又高又厚，绿得耀眼。在他们面前，在黄砖路的尽头，是一道大门，上面镶满了绿宝石，在阳光下闪烁着夺目的光芒，就连稻草人那双画出来的眼睛也被照得睁不开了。门边有个门铃，多萝西按了一下按钮，里面传来悦耳的叮咚声。大门慢慢打开了，他们走进去，来到了一个高高的圆顶房间里，四面的墙壁上有无数颗绿宝石闪闪烁烁。

他们面前站着一个块头跟芒奇金人差不多的小个子男人。他从头到脚穿着一身绿衣服，就连皮肤也微微发绿。他身边有一只大绿箱。

男人看见多萝西和她的同伴，问道："你们来绿宝石城有何贵干？"

"我们来见伟大的奥兹。"多萝西说。男人听了这个回答惊讶极了，他坐下来好好考虑这件事。

"很多年没有人向我提出要见奥兹了。"他困惑地摇着头说，"他很强大、很可怕，如果你们拿一件无关紧要或愚蠢的小事来打扰大魔法师智慧的思考，他可能会生气，一眨眼就把你们全都干掉。"

"但这不是无关紧要或愚蠢的小事，"稻草人说，"事情很重要。我们听说奥兹是一位善良的魔法师。"

"他确实是的，"绿色的男人说，"他把绿宝石城治理得井井有条。可是对那些心术不正或出于好奇而接近他的人，他是非常可怕

的，很少有人胆敢要求当面见他。我是看门人，既然你们要见伟大的奥兹，我就只好带你们去他的宫殿。可你们必须先把眼镜戴上。”

“为什么？”多萝西问。

“如果不戴眼镜，绿宝石城的耀眼光芒就会使你们的眼睛变瞎。即使是住在城里的那些人，也必须从早到晚戴着眼镜。眼镜都锁在这里，是城市刚建好时奥兹这么吩咐的，只有我有钥匙。”

他打开那只大箱子，多萝西看见里面放满了各种形状、大大小小的眼镜。每副眼镜上都配有绿色的镜片。看门人找出一副适合多萝西的，戴在她的眼睛上。系在眼镜上的两根金色箍带绕到她的脑后，被看门人脖子上挂的一把小钥匙锁在了一起。

绿色的男人给稻草人、铁皮伐木工和狮子，甚至小托托都戴好了眼镜，这些眼镜都用那把小钥匙给锁得牢牢的。

然后，看门人自己也戴上眼镜，对他们说，他准备带他们到宫殿去。他从墙上的钩子上取下一把很大的金钥匙，打开了另一道大门，他们跟着他穿过了门，进入绿宝石城的街道。

11

奇妙的奥兹城

尽管有绿眼镜保护着他们的眼睛，多萝西和她的朋友们一开始还是被这个绚丽夺目的奇妙城市照得眼花缭乱。

虽然有绿眼镜保护着他们的眼睛，但多萝西和她的朋友们一开始还是被这个绚丽夺目的奇妙城市照得眼花缭乱。街道两边排列着一些美丽的房子，都是用绿色大理石建成的，到处镶嵌着闪烁的绿宝石。他们脚下的人行道也是用同样的绿色大理石铺成的，接缝处是一排排密密的绿宝石，在阳光下放射出灿烂的光芒。窗户上镶的是绿玻璃，就连城市上方的天空也泛着绿色，一道道阳光被染得绿莹莹的。

许多人在街上走着——男人、女人、孩子，都穿着绿衣服，皮肤也微微发绿。他们用惊异的目光望着多萝西和她身边这支奇怪的队伍。孩子们看见了狮子，都吓得跑到妈妈身后躲了起来，没有一个人跟他们说话。

街上开着许多店铺，多萝西看见店里所有的东西都是绿色的。绿色糖果、绿色爆米花，还有绿鞋子、绿帽子以及各式各样的绿衣服。

在一家店里，一个男人在卖绿色的柠檬汽水，孩子们购买时，多萝西看见他们用的是绿色的钱币。

城里似乎没有马，也没有别的牲口。男人们用小小的绿推车运东西，推着它们往前走。每个人看上去都那么愉快、富足、无忧无虑。

看门人领着他们穿过街道，最后来到城市正中央的一座大楼房前，这里就是伟大的魔法师奥兹的宫殿。门前站着一个士兵，穿一身绿色制服，留着长长的绿胡子。

“这几位是陌生人，”看门人对他说，“他们提出要见伟大的奥兹。”

“进来吧，”士兵说，“我把你们的口信带给他。”

他们进入宫殿大门，被领进一间大屋子，屋里铺着绿色的地毯，

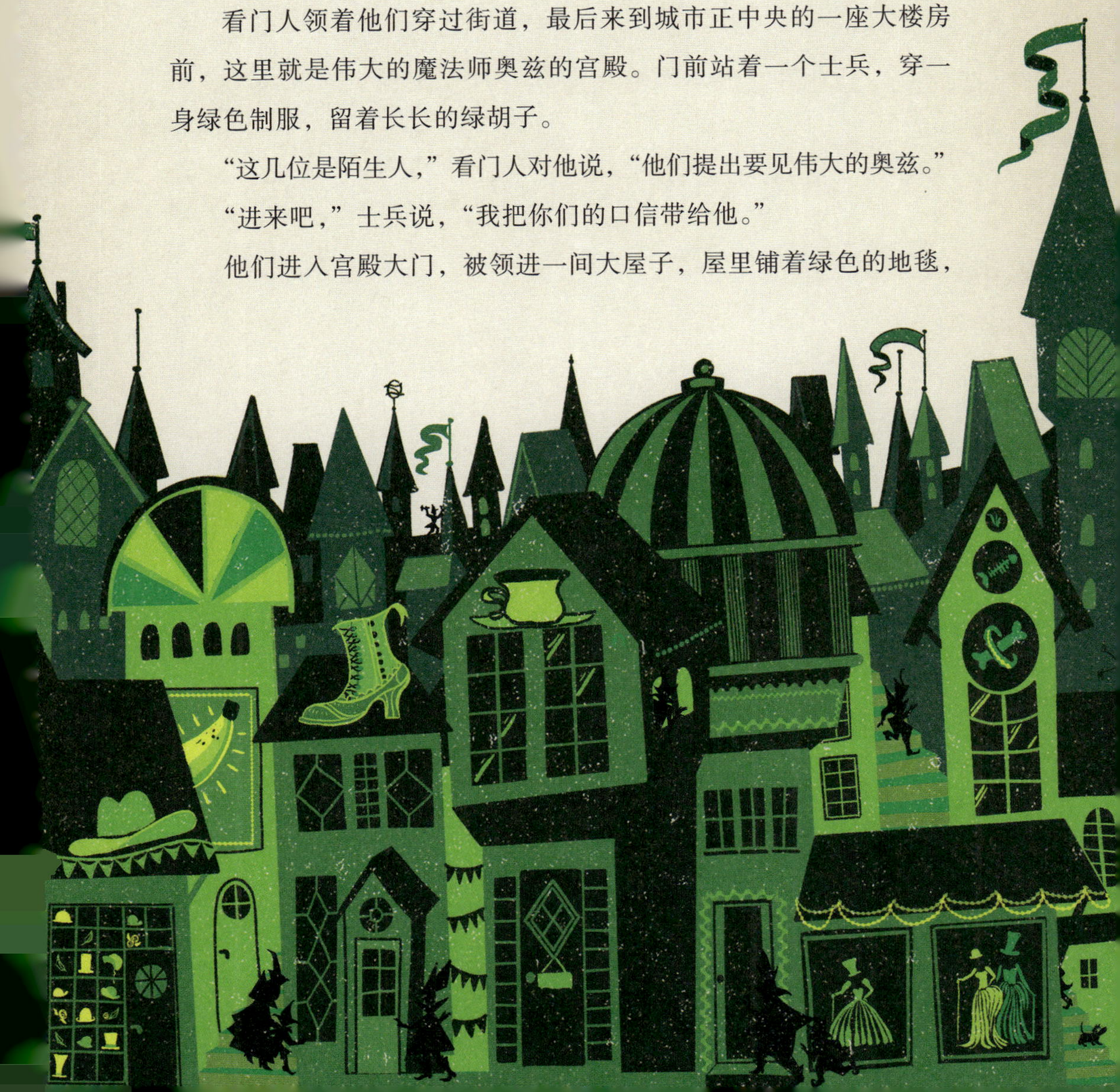

可爱的绿家具上都镶着绿宝石。

士兵要他们进屋前在一块绿门垫上把脚擦干净，等他们都坐定后，士兵很有礼貌地说：

“你们在这里待着别拘束，我到觐见室的门口去，告诉奥兹你们已经来了。”

他们等了很长时间士兵才回来。多萝西问道：

“你见到奥兹了吗？”

“哦，没有，”士兵回答，“我从没见过他。他一直坐在屏风后面，我跟他隔着屏风说话，把你们的口信带给了他。他说既然你们有这样的愿望，他可以接见你们，但是你们每次只能有一个人进去见他，而且他每天只能见一个。所以，你们只好先在宫殿里待上几天了。”

“谢谢你，”小女孩回答，“奥兹真是太仁慈了。”

接着，士兵吹响了一个绿哨子，立刻就有一个穿着漂亮的绿绸裙的年轻姑娘走进屋来。

她长着可爱的绿头发和绿眼睛，在多萝西面前深深地鞠了一个躬，说道：“请跟我来，我带你去你的房间。”

多萝西就跟朋友们告别，把小狗抱在怀里，跟着那绿色的姑娘穿过七道走廊，上了三级楼梯，来到位于宫殿正面的一个房间。这是世界上最漂亮的小房间了，有一张柔软舒服的床，上面有绿色的缎子床单和绿色的天鹅绒床罩。房间中央有一个小小的喷泉，一道绿色的香水被喷向空中，又落回到一个雕刻精美的绿色大理石盆子里。窗台上摆放着美丽的鲜花，还有一个架子上放着一排绿色的小书。当多萝西翻开这些书时，发现上面满是一些稀奇古怪的绿色图画，她被逗得哈哈大笑，那些图画太好玩了。

在一个衣柜里，有许多绿色的衣服，全是用丝绸、缎子和天鹅绒做成的，都不大不小，正合多萝西的身材。

“请随意，别拘束，”绿姑娘说，“如果想要什么，就按铃好了。奥兹明天早晨会派人来叫你的。”

她让多萝西独自待在屋里，便回去安排其他人了。她把他们带到不同的房间，每个人都发现自己被安排在宫殿里一个非常令人愉快的地方。

当然啦，这番好意在稻草人身上是白费了。当他发现房间里只有他一个人时，便百无聊赖地站在靠近门口的一个地方，眼巴巴地等着天亮。他不需要躺下来休息，因为他的眼睛根本就闭不上，所以他整整一夜都盯着一只在墙角结网的小蜘蛛。

铁皮伐木工躺在床上完全是出于习惯，因为他想起了当初有血有肉的日子，怎么也睡不着，整个晚上都在上上下下地活动关节，保证它们灵活自如。

狮子情愿要森林里一张枯叶铺成的床，它不喜欢被关在一个房间里，但是它并没有因此而烦恼，跳到床上，像小猫一样蜷起身子，不一会儿就心满意足地睡着了。

第二天早晨，吃过早饭，那位绿姑娘过来接多萝西，她穿上了一条用绿色锦缎做成的最漂亮的连衣裙，又系上一条绿色丝绸围裙，还在托托的脖子上系了一根绿丝带，就出发去大魔法师奥兹的觐见室了。

他们先来到一个大厅，里面有许多男女朝臣，都穿着富丽华贵的衣服。这些人没有什么事情可做，只是互相聊天，他们每天早晨都要来守候在觐见室外，尽管从来不许他们见奥兹。多萝西走进来时，他们都好奇地打量着她，其中一个小声说：

“你真的要去跟可怕的奥兹面对面吗？”

“当然啦，”小女孩回答，“如果他肯见我的话。”

“哦，他会见你的，”那个替她给魔法师带信的士兵说，“尽管他不喜欢有人提出要见他。一开始他很生气，说我应该把你打发走，从哪儿来回哪儿去。接着他又问我，你长什么样儿，当我提到你的银鞋子时，他一下子就很感兴趣了。我又跟他说了你脑门上的痕迹，然后他就决定允许你去见他了。”

就在这时，铃响了，绿姑娘对多萝西说：“这就是信号，你必须独自进入觐见室。”

她打开一扇小门，多萝西勇敢地走进去，发现自己置身于一个奇妙的地方。这是一个很大的圆屋子，高高的屋顶是拱形的，墙壁、天花板和地板上都密密实实地铺着大块的绿宝石。屋顶中央有一盏巨大的灯，像太阳一样明亮，照得那些绿宝石发出灿烂夺目的光亮。

不过最让多萝西感兴趣的，是位于房间中央的那个绿色大理石的大宝座。它的形状像一把椅子，并且像屋子里的每一件东西一样闪烁着宝石的光芒。

椅子中间有一个硕大的脑袋，但没有身体支撑它，也没有胳膊和腿。这个大脑袋上没有头发，只有眼睛、鼻子和嘴巴，而且比最大的巨人的脑袋还要大得多。

多萝西惊畏地盯着这颗脑袋，这时那双眼睛慢慢转向她，严厉地、直瞪瞪地盯着她望。最后大脑袋的嘴巴动了动，多萝西听见一个声音说道：

“我是伟大而可怕的奥兹。你是谁，你为什么找我？”

这声音倒不像她想象的那么恐怖，因此她鼓起勇气，回答道：

“我是渺小而温顺的多萝西，我来请求你的帮助。”

那双眼睛若有所思地看了她足足一分钟。然后那声音说：

“你这双银鞋子是从哪儿来的？”

“是从邪恶的东方女巫那里得到的，我的房子落在她身上，把她砸死了。”她回答道。

“你脑门上的痕迹是从哪儿来的？”那声音又问。

“是善良的北方女巫跟我告别、让我来找你时，亲吻我留下的痕迹。”小女孩说。

那双眼睛又严厉地瞪着她，看出她说的是实话。然后奥兹问：“你想要我做什么？”

“把我送回堪萨斯去，我的艾姆婶婶和亨利叔叔都在那里。”她热切地回答，“我不喜欢你的国家，尽管它非常美丽。我出来了这么长时间，艾姆婶婶肯定都担心得要命了。”

那双眼睛眨了三下，然后它们转向天花板，又转向地板，非常古怪地转来转去，似乎能看到房间的每个角落。最后，它们又望着多萝西。

“我为什么要为你做这件事情?”奥兹问。

“因为你很强大，我很弱小；因为你是伟大的魔法师，我只是一个小女孩。”

“可是你也很强大呀，还杀死了邪恶的东方女巫呢。”奥兹说。

“那是碰巧了，”多萝西简单地回答，“我不是故意的。”

“好吧，”大脑袋说，“你没有权利指望我把你送回堪萨斯，除非你为我做一件事作为回报。在这个国家，每个人都必须为他得到的东西付出代价。如果你想要我用我的魔法送你回家，就必须先为我做一件事。你先帮助我，然后我再帮助你。”

“我需要做什么呢?”小女孩问。

“杀死邪恶的西方女巫。”奥兹回答。

“可是我办不到!”多萝西大吃一惊，叫了起来。

“但你杀死了邪恶的东方女巫，还穿着带有强大魔法的银鞋子。现在这片土地上只剩下一个邪恶女巫了，等你什么时候告诉我说她也死了，我就送你回堪萨斯——在这之前可不行。”

小女孩哭了起来，她感到失望极了。那双眼睛又眨了一下，然后焦急地望着她，大魔法师奥兹似乎觉得只要她愿意，就能够帮助他。

“我从没想要杀死任何人。”多萝西哭着说，“即使我想把邪恶女巫干掉，我又怎么办得到呢?你又伟大又令人害怕，既然你自己都不能杀死她，又怎么能指望我做到这件事呢?”

“我不知道，”大脑袋说，“但这就是我的回答，除非邪恶女巫死了，不然你是不会见到你的叔叔和婶婶的。你要记住，那个女巫是邪恶的——是无比邪恶的——所以应该把她杀死。现在去吧，在没有完成任务之前，不要再来见我了。”

多萝西悲哀地离开了觐见室，回到狮子、稻草人和铁皮伐木工身边。他们都在等着听奥兹对她说了什么呢。“没有什么希望了，”她难过地说，“我必须杀死邪恶的西方女巫，奥兹才会送我回家。可那是我一辈子也办不到的事啊。”

她的朋友们都很难过，但也没有办法帮助她。于是多萝西回到自己的房间，躺在床上，哭着哭着就睡着了。

第三天早晨，绿胡子士兵来到稻草人面前，说道：

“跟我走吧，奥兹派我来叫你。”

稻草人跟他过去，被请进了巨大的觐见室，他看见坐在绿宝石宝座上的，是一位最最可爱的女人。她穿一件绿色的薄纱衣服，飘拂的绿色鬈发上戴着一顶珠宝王冠。她肩膀上生出一对翅膀，色彩十分绚丽，而且是那么轻薄，似乎只要有一点点最轻微的小风，它们就会抖动起来。

面对这样一个美丽的人，稻草人虽然身体里塞满稻草，但还是尽量优雅地鞠了一躬。

女人亲切地望着他，说道：

“我就是伟大而可怕的奥兹。你是谁，为什么来找我？”

稻草人本来以为会看到多萝西跟他说过的那个大脑袋，现在听了这话，感到非常吃惊。但他还是勇敢地回答了她。

“我只是一个稻草人，全身塞满了稻草。因此我没有大脑，我来请求你把我脑袋里面的稻草换成大脑，这样我就可以成为真正的人，像你们国家的任何一个人一样了。”

“我为什么要为你做这件事情？”女人问。

“因为你聪明、强大，而且没有其他人能帮助我。”稻草人回答。

“我帮助别人都是需要回报的，”奥兹说，“我只能保证一点：如果你替我杀死了邪恶的西方女巫，我就会赐给你许多大脑。有了这么好的大脑，你就会成为整个奥兹国最聪明的人。”

“你好像也叫多萝西去杀女巫。”稻草人吃惊地说。

“是啊。我不管是谁去杀女巫。反正只有等女巫死了，我才会满足你们的愿望。现在走吧，不要再来找我了，除非你靠自己的本事赢得了你如此想要的大脑。”

稻草人失落地回到朋友们中间，把奥兹的话告诉了他们。多萝西听说大魔法师并不是她看见的那样只是一颗脑袋，而是一位美丽的女人，感到非常吃惊。

第四天早晨，绿胡子士兵来到铁皮伐木工面前，说道：

“奥兹派我来叫你。跟我来吧。”

铁皮伐木工跟着他来到巨大的觐见室。他不知道他看见的奥兹是一位美丽的女人呢，还是一颗脑袋，但他希望是美丽的女人。“因为，”他对自己说，“如果是那颗大脑袋，我想我肯定就得不到一颗心了，毕竟大脑袋自己就没有心，也就不会知道我的感受。如果是那位美丽的女人呢，我就苦苦哀求她给我一颗心，据说女人都是心地善良的。”

可是当伐木工走进大觐见室时，他既没看见脑袋，也没看见女人，奥兹把自己变成了一头最可怕的野兽，差不多有大象那么大，绿色的宝座似乎都不够结实，吃不住它的重量。野兽长着犀牛的脑袋，脸上有五只眼睛，身体上长出五条长长的胳膊，还有五条细长细长的腿。它全身都覆盖着又粗又密的毛，简直想象不出世界上还有比它样子更吓人的怪物了。幸亏铁皮伐木工当时还没有心，不然他准会吓得心怦怦乱跳的。伐木工只是铁皮做的，所以一点也不害怕，不过还是感到非常失望。

“我是伟大而可怕的奥兹。”野兽发出粗粗的吼叫，“你是谁，为什么要来找我？”

“我是伐木工，是铁皮做成的。因此我没有心，不能爱。我请求你给我一颗心，使我像其他人一样。”

“我为什么要做这件事？”野兽问。

“因为只有你才能满足我提出的要求。”伐木工回答。

奥兹低吼一声，生硬地说：“如果你确实想要一颗心，就必须自己去争取。”

“怎么争取呢？”伐木工问。

“帮助多萝西杀死邪恶的西方女巫，”野兽回答，“等女巫死了，你再来找我，那时我就会给你一颗全奥兹国最大、最善良、最可爱的心。”

铁皮伐木工只好悲哀地回到朋友们中间，把那可怕的野兽的话都告诉了他们。大魔法师竟然能变出这么多形状，大家都非常吃惊，然后狮子说道：

“如果我去见他时他是一只野兽，我就使劲地大吼，把他吓住，那样他就会答应我的要求了。如果他是那位美丽的女人，我就假装朝她扑去，使她不得不听从我的吩咐。如果他是那颗大脑袋，那就完全听我摆布了，我要把大脑袋在房间里滚来滚去，直到他答应把我们想要的东西给我们。所以，高兴起来吧，我的朋友们，一切都会好起来的。”

第五天早晨，绿胡子士兵领着狮子来到觐见室，命令它去拜见奥兹。

狮子立刻走进门去，四处张望了一下，吃惊地看见宝座前面有一个火球，熊熊的火焰发出耀眼的光亮，狮子简直没法盯着它看。狮子首先想到的是奥兹不小心着了火，整个儿烧起来了。可是当它想走近一些时，那吓人的热气把它的胡须都燎焦了，它只好颤抖着退到门边。

接着，火球里传出一个低沉、平静的声音，说出了下面这番话：

“我就是伟大而可怕的奥兹。你是谁，为什么要来找我？”

狮子回答：“我是胆小的狮子，什么都害怕。我来请求你给我勇气，那样我就真的能成为百兽之王，就像人们所说的那样了。”

“我为什么要给你勇气呢？”奥兹问道。

“因为在所有魔法师中，你是最伟大的，只有你才能满足我的要求。”狮子回答。

火球熊熊地燃烧了一会儿，然后那声音说道：“把邪恶女巫已死的证据带来给我，到时候我就会给你勇气。只要那女巫还活着，你就只能做一个胆小鬼。”

狮子很生气，但说不出什么话来回答，只得一声不吭地站在那里盯着火球。这时火球越烧越旺，热浪逼人，它只好掉转尾巴冲出了房间。狮子发现朋友们都在等它，才松了口气，把拜见魔法师的可怕经过跟他们说了一遍。

“我们现在怎么办呢？”多萝西悲哀地问。

“只有一个办法，”狮子回答，“就是到温基人的国家去，找到那个邪恶的女巫，把她干掉。”

“如果我们做不到呢？”小女孩问。

“那我就永远没有勇气。”狮子说。

“我永远没有大脑。”稻草人也接上一句。

“我永远没有心。”铁皮伐木工说。

“我永远见不到艾姆婶婶和亨利叔叔了。”多萝西说着，就哭了起来。

“小心点！”绿姑娘喊道，“眼泪会掉在你的绿丝裙上，把它给弄脏的。”

多萝西擦干眼泪，说道：“我想我们必须试一试。但我知道我肯定是不愿杀死任何人的，即使是为了再见到艾姆婶婶。”

“我跟你一起去，可是我胆子太小了，不敢去杀那个女巫。”狮子说。

“我也去，”稻草人大声说，“可是我对你不会有多大帮助，我实在太笨了。”

“我没有心，连一个女巫也不忍心伤害，”铁皮伐木工说，“但如果你去，我一定会跟你一起去。”

于是，他们决定第二天一早就动身。伐木工在一块绿色磨刀石上把斧头磨得快快的，还给每个关节都上了一遍油。稻草人给自己塞了一些新的稻草，多萝西帮他把眼睛重新描了描，使他可以看得更清楚些。

绿姑娘一直对他们很友好，她给多萝西的篮子里装满了好吃的东西，还用一根绿丝带把一个小铃铛挂在托托的脖子上。

他们很早就上了床，一觉睡到天亮，直到被住在宫殿后院的一只绿乌鸦的呱呱声和一只刚下了一颗绿蛋的母鸡的咯咯声吵醒。

12

寻找邪恶的女巫

那个邪恶的西方女巫只有一只眼睛，但这只眼睛非常厉害，像一架望远镜，可以看到任何地方。

士兵领着他们穿过绿宝石城的街道，来到看门人所在的那个房间。看门人给他们打开眼镜后面的锁，把眼镜重新收回他的大箱子里，然后很有礼貌地为我们的朋友们打开大门。

“走哪条路能找到邪恶的西方女巫呢？”多萝西问。

“根本就没有路，”看门人回答，“从来没有人愿意去那儿。”

“那么，我们怎么才能找到她呢？”小女孩问。

“那很容易，”那人说，“她只要知道你们在温基国，就会找到你们，把你们通通变成她的奴隶。”

“不见得吧，”稻草人说，“我们是要去把她干掉的。”

“噢，那就不同了，”看门人说，“以前从来没人有本事把她干掉，所以我想当然地认为她会把你们变成奴隶，就像她对付其他人那样。不过你们可要留神，她又邪恶又凶狠。一直往西，朝着太阳落山的方向，你们肯定会找到她的。”

多萝西和朋友们谢过看门人，跟他告了别，然后转身朝西走去，脚下是柔软的草地，到处开着一朵朵白菊花和蝴蝶花。

多萝西仍然穿着她在宫殿里穿的那件漂亮的丝绸裙子，可是让她大为吃惊的是，她发现裙子不再是绿色的，而变成了纯白色。围在托托脖子上的丝带也褪去了绿色，变得和多萝西的裙子一样雪白了。

很快，他们就把绿宝石城远远甩在了身后。越往前走，脚下的路越崎岖不平，在这个西方之国里，没有农庄也没有住房，土地都没有被耕种过。

下午，阳光热辣辣地照在脸上，没有树木给他们遮阴。所以，天还没黑，多萝西、托托和狮子就累了，躺在草地上沉沉睡去，伐木工和稻草人在一旁守护着他们。

那个邪恶的西方女巫只有一只眼睛，但这只眼睛非常厉害，像一架望远镜，可以看到任何地方。她坐在她的城堡门口，向四下里望了望，正巧就看见多萝西躺在那里睡觉，她的朋友们围在她身边。虽然离得很远，但邪恶女巫还是发现他们来到了她的国度，感到非常生气。于是，西方女巫吹响了挂在脖子上的一只银哨子。

立刻，就有一群大狼从四面八方朝她跑来。它们都有长长的腿、凶恶的眼睛和尖利的牙齿。

“找到那些人，”女巫说，“把他们撕成碎片。”

“你不打算把他们变成你的奴隶了吗？”为首的大狼问。

“不，”她回答，“一个是铁皮做的，一个是稻草做的，一个是小女孩，还有一个是狮子。他们谁也不适合干活儿，把他们撕得粉碎就好了。”

“很好。”为首的大狼说完，飞快地冲了出去，别的大狼也跟着它跑了。

幸好稻草人和伐木工都醒着呢，他们听见了狼群过来的声音。

“这件事就交给我吧，”伐木工说，“快躲到我后面去，看我怎么对付它们。”

他抓起那把磨得非常锋

利的斧头，为首的那只狼冲过来时，铁皮伐木工胳膊一抡，就把它的脑袋砍了下来，狼立刻就断了气。

伐木工刚举起斧头，第二只狼又冲了过来，同样也在铁皮伐木工锋利的斧头下送了命。一共有四十只狼，伐木工一次一只，把四十只狼都给砍死了。它们变成一大堆死尸，堆在伐木工的面前。

然后，伐木工放下斧头，在稻草人身边坐了下来。稻草人称赞道：“朋友，你干得真漂亮。”

第二天早晨多萝西醒来，看见那一大堆毛茸茸的死狼，简直都吓坏了，于是铁皮伐木工就把事情的经过告诉了她。多萝西很感激，正是勇敢的伐木工救了他们大家。

就在这个早晨，那个邪恶的女巫来到城堡的门前，用那只千里眼向远处眺望，看见她的那些狼都躺在地上死了，而那几个陌生人还在她的国度里旅行。这使她比以前更生气了，所以她又拿起银哨子吹了两下。

立刻，就有一大群野乌鸦朝她飞来，黑压压的一片，把天空都遮住了。邪恶的女巫对乌鸦之王说：“立刻飞到陌生人那儿去，啄出他们的眼珠，把他们撕成碎片。”

一大群野乌鸦扑棱棱地飞向了多萝西和她的同伴们。小女孩看见它们飞来，害怕极了。

稻草人说：“这件事交给我吧，躺在我身后，你不会有事的。”

于是，除了稻草人外，他们都趴在地上，稻草人站得直直的，伸开两只胳膊。乌鸦看见他都很害怕，就像平时见了稻草人那样，不敢再往前来。可是乌鸦之王说：

“这个人是稻草做的，我去把他的眼睛啄出来。”

乌鸦之王朝稻草人飞来，稻草人一把抓住它的脑袋，拧断了它的脖子，结果了它的性命。第二只乌鸦飞来了，稻草人也把它的脖子拧断了。一共有四十只乌鸦，稻草人就拧断了四十个脖子，最后乌鸦都变成尸体躺在他脚边。稻草人招呼伙伴们起来，继续赶路。

邪恶的女巫又往外一看，发现那些乌鸦变成了一堆死尸，她火冒三丈，拿起银哨子吹了三下。

说时迟那时快，空中响起一片巨大的嗡嗡声，一群黑蜜蜂朝她飞来了。

“到那些陌生人那儿去，把他们全蜇死！”女巫命令道。

蜜蜂们一转身，迅速飞到多萝西和她的朋友们赶路的地方。伐木工看见它们过来了，稻草人拿定了一个主意。

“把我的稻草掏出来，撒在小女孩、小狗和狮子身上，”他对伐木工说，“蜜蜂就蜇不到他们了。”伐木工照他说的做了，多萝西把托托抱在怀里，紧挨着狮子躺下，稻草把他们盖得严严实实的。

蜜蜂飞来了，只看见伐木工一个人，于是就朝他飞去。可是蜜蜂在铁皮上把它们的刺都折断了，也没有伤害伐木工一丝一毫。蜜蜂的刺一折断，就活不下去了，那些黑蜜蜂就这样通通送了命，在伐木工周围落下厚厚的一层，像一小堆细煤渣。

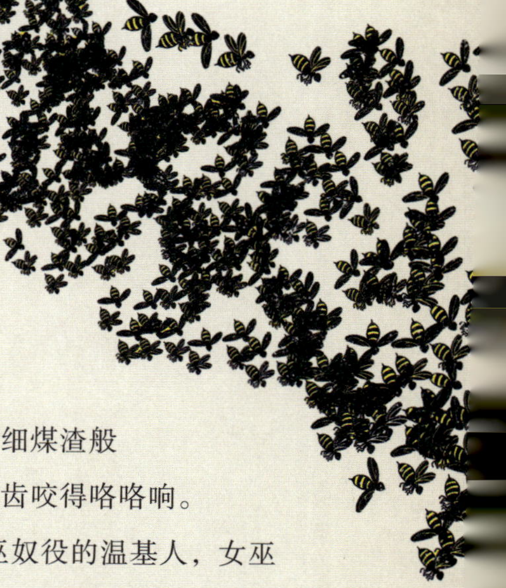

多萝西和狮子站起来，小女孩帮着铁皮伐木工一起把稻草重新装进稻草人的身体里，装得跟以前一样好。然后他们又动身赶路了。

邪恶的女巫看见她的黑蜜蜂变成了一堆细煤渣般的死尸，气得又是跺脚，又是揪头发，把牙齿咬得咯咯响。

她叫来十几个奴隶——他们都是被女巫奴役的温基人，女巫给了他们锋利的长矛，派他们到陌生人那里去，把他们通通干掉。

温基人不是很勇敢，但也只好按照女巫的吩咐去做。他们匆匆地赶路，很快就要赶上多萝西了。

这时狮子发出一声巨吼，朝温基人扑了过去，可怜的温基人吓得屁滚尿流，转身没命似的逃走了。

温基人逃回城堡后，邪恶的女巫用一根皮带把他们狠狠地打了一顿，打发他们回去干活儿，然后她坐下来思考接下来该怎么办。

她不明白为什么她想干掉这些陌生人的计划都没有成功。但她是个厉害又邪恶的女巫，很快就决定了下一步的行动。

她的柜子里有一顶金帽子，周围镶着一圈钻石和红宝石。这顶金帽子是有魔法的。不管谁拥有它，都能够把那些带翅膀的猴子召唤来三次，叫它们做什么它们就做什么。

只是，谁也不能给那些奇怪的动物下命令超过三次。

邪恶的女巫已经用了两次金帽子的魔法。一次是让温基人成为她的奴隶，由她来统治他们的国家，带翅膀的猴子帮她做到了这一点。第二次是她跟大魔法师奥兹本人作战，把奥兹赶出了西方之国。因此，这顶金帽子只能再用一次了，所以，只有在其他法术都用尽

后，她才愿意用到它。现在她那些凶狠的狼、野乌鸦和蜇人的蜜蜂通通都没有了，她的奴隶们也被胆小的狮子吓跑了。女巫发现要消灭多萝西和她的朋友们，只剩下这最后一个办法了。

于是，邪恶的女巫从柜子里拿出金帽子戴在头上。然后她左脚单立，慢慢说道：

“爱——匹，派——匹，卡——凯！”

接着，她右脚单立，说道：

“嘿——罗，霍——罗，嗨——罗！”

然后，她两脚站立，大声喊：

“兹——贼，祖——贼，兹克！”

魔法开始起作用了。天色暗了下来，空中传来一阵低沉的、滚雷般的声音。

无数个翅膀在扇动，许多个声音在说说笑笑，太阳从黑压压的天空中露出脸来，照亮了邪恶的女巫身边围着的一群猴子，每只猴子的肩膀上都生出一对巨大的、很有力的翅膀。

其中一只猴子比别的大得多，似乎是它们的首领。它飞到女巫近旁，说道："你这是第三次，也是最后一次召唤我们了。你有何吩咐？"

"快到那些闯进我国家来的陌生人那里去，除了狮子，把他们都给我干掉。"邪恶的女巫说，"把狮子带来给我，我打算让它像马一样套上笼头，为我干活儿。"

"遵命。"猴王说。

然后，随着一片吵吵闹闹的声音，带翅膀的猴子飞向了多萝西和她的朋友们赶路的地方。

几只猴子抓住铁皮伐木工，凌空飞起，一直飞到一个怪石嶙峋的地方。它们就在这里把可怜的伐木工扔了下去，摔得他坑坑洼洼，几乎散了架。

还有一些猴子抓住稻草人，用它们长长的手指把稻草人衣服里、脑袋里的稻草都掏了出来。它们把稻草人的帽子、靴子和衣服卷成一小团，扔到了高高的树顶上。

剩下来的那些猴子把一些大粗绳子扔在狮子身边，将它的身体、脑袋和腿脚捆得结结实实，使它不能咬、不能抓，也不能以任何方式挣扎。然后，它们把狮子拎到空中，带着它朝女巫的城堡飞去。到了那儿，狮子被关在一个小院子里，四周围着高高的铁栅栏。

可是猴子们一点也没有伤害多萝西。她抱着托托站在那里，注视着朋友们悲惨的命运，心想接下来就要轮到她了。带翅膀的猴子首领朝多萝西飞来，张开毛茸茸的长手臂，丑陋的脸上露出狰狞的笑容。

可是，当猴王看见多萝西脑门上被善良女巫亲吻过的痕迹时，立刻就停住了，并示意别的猴子不要碰她。

"我们可不敢伤害这个小女孩，"猴王对其他猴子说，"因为她受善良力量的保护，那比邪恶力量更加强大。我们只能把她带到邪恶女巫的城堡去，把她留在那儿。”

于是，猴子们轻手轻脚、小心翼翼地抱起多萝西，带着她迅速地在空中飞过，一直飞到城堡，把她放在门前的台阶上。然后猴王对女巫说：

“我们尽量按你的吩咐做了。铁皮伐木工和稻草人已经被消灭，狮子被拴在了你的院子里。至于那个小女孩，还有她怀里的那只小狗，我们可不敢伤害他们。你对我们这群猴子的权力已经用完，以后你再也不会看见我们了。”

说完，所有那些带翅膀的猴子有说有笑、吵吵闹闹地飞到空中，一眨眼就没了踪影。

邪恶女巫看见多萝西脑门上的痕迹，感到既吃惊又烦恼，她心里很清楚，不管是带翅膀的猴子还是她自己，都不敢以任何方式伤害这个小女孩。她低头看看多萝西的脚，看见了那双银鞋子，不禁

害怕得浑身发抖，她知道这双鞋子有着多么强大的魔力。接着她无意间注视着小女孩的眼睛，发现那双眼睛后面的心灵是那么单纯，小女孩根本不知道银鞋子带给了她多么神奇的力量。邪恶女巫暗自笑了，心想：我仍然可以让她做我的奴隶，因为她并不知道怎么使用她的魔力。

她便粗声恶气地对多萝西说：

“跟我来，留心记住我告诉你的每件事，不然的话，我就让你不得好死，就像铁皮伐木工和稻草人那样。”

多萝西跟着女巫穿过城堡里许多漂亮的房间，来到厨房。女巫命令她把那些盆盆罐罐洗干净，还要拖地板，往火里添木柴。

多萝西温顺地开始干活儿，她拿定主意全力以赴地拼命干活儿，很庆幸邪恶女巫决定不杀她。

多萝西埋头干活儿时，女巫想到院子里去给胆小的狮子套上缰绳，把它当一匹马用。她相信，让狮子拉着四轮马车到她想去的任何地方，肯定有趣极了。

没想到，她刚打开门，狮子就大吼一声，气势汹汹地朝她扑来，吓得女巫落荒而逃，重新关上了门。

“既然我不能给你套上缰绳，”女巫隔着铁门的栅栏对狮子说，“我就把你饿死。除非你照我的意思去做，否则你什么也吃不到。”

从那以后，她再也没有给关在院子里的狮子拿来吃的东西。每天中午，她都来到院门前，问道：

“你愿意像马一样被套上缰绳吗？”

狮子总是回答：“不。你要是走进这个院子，我就把你咬死。”

狮子用不着屈从于女巫的愿望，因为每天夜里，当女巫睡着的时候，多萝西总会从碗柜里拿一些东西给狮子吃。狮子吃完后，便躺在稻草上，多萝西则躺在它身边，把脑袋枕在狮子柔软的、乱蓬蓬的鬃毛上。

他们会谈到眼前遭遇的麻烦，并试着想出一个逃跑的办法。可是他们发现要逃出城堡绝不是件容易的事，因为城堡时刻都有黄色的温基人严密把守。温基人是邪恶女巫的奴隶，他们非常怕她，不敢违抗她的命令。

白天，小女孩只好拼命干活儿，女巫动不动就威胁说要用她整天拿在手里的那把旧雨伞打多萝西。可实际上，她根本不敢这么做，因为多萝西额头上有那个印痕呢。

小女孩可不知道这些，还整天为她自己和托托担惊受怕。一次，女巫用雨伞打了托托一下，勇敢的小狗朝她扑去，在她腿上咬了一口。女巫被咬的地方没有出血，因为她实在太邪恶了，身体里的血早在许多年前就干了。

多萝西渐渐知道，要想回到堪萨斯再见到艾姆婶婶，恐怕比以前更难了，她的日子过得很不开心。有时她会伤心地哭上好几个小时，托托坐在她脚上，望着她的脸，可怜巴巴地低声叫着，为自己的小主人感到难过。托托其实并不在乎它是在堪萨斯还是在奥兹国，只要多萝西在它身边就行。但它知道小女孩心里难过极了，因此自己也难过起来。

邪恶女巫特别渴望把小女孩脚上的银鞋子占为己有。她的那些蜜蜂、乌鸦和野狼已经成为一堆堆死尸，变得干枯，那顶金帽子的魔力也用完了。但只要得到那双银鞋子，它们给她带来的力量会比她失去的所有东西加起来还要强大。她仔细观察多萝西，看她会不会把鞋子脱下来，这样她就可以把它们偷到手。可是小女孩很为这双漂亮的鞋子感到得意，只有晚上洗澡时才会脱下鞋子。女巫特别怕黑，不敢在夜里到多萝西的屋里去偷鞋子，而她怕水比怕黑还要厉害，所以从不敢在多萝西洗澡的时候靠近她。是的，老女巫从来不沾水，也绝对不让水沾到她。

最后狡猾的她想出了一条诡计：她把一根铁棒放在厨房中间的地上，又用魔法使铁棒隐形，不被人的肉眼看见。这样，当多萝西走过厨房时，因为看不见铁棒，便被绊倒了，整个人摔在地上。她倒没有怎么受伤，但摔倒时一只银鞋子掉了下来，没等她伸手去捡，女巫便一把抢过去，穿在了她瘦巴巴的脚上。

那邪恶的女人看到她的诡计得逞，心里别提多得意了，因为只要有了一只鞋子，她就能拥有这双鞋子一半的魔力，多萝西即使知道怎样使用魔法，也没有办法对付她了。

小女孩很生气，对女巫说："把我的鞋子还给我！"

"不行，"女巫凶狠地回答，"它现在是我的鞋子，不是你的。"

"你真是个坏家伙！"多萝西喊道，"你没有权利拿走我的鞋子。"

"反正我不会还给你的，"女巫嘲笑着说，"我早晚会把你的另一只鞋也弄过来。"

多萝西听了气坏了，她拎起旁边的一桶水，朝女巫兜头盖脸泼去，把她从头到脚都浇湿了。

那邪恶的女人立刻恐惧地大喊一声，然后，就在多萝西吃惊的目光下，女巫开始越缩越小，逐渐化掉了。

"看看你做的好事！"她尖叫着说，"我马上就要化掉了。"

"真是对不起。"多萝西说。她看着女巫果然在她面前像红糖块一样溶化，心里确实很害怕。

"你难道不知道水会要了我的命吗？"女巫用凄厉、绝望的声音问。

"当然不知道，"多萝西回答，"我怎么会知道？"

"唉，我几分钟内就会完全化掉，整个城堡就属于你了。我一辈子作恶多端，真没想到居然被你这么一个小女孩泼水化掉，结束我邪恶的一生。留神——我走了!”

说完这番话，女巫便化成一摊褐色的、不成形状的东西，在厨房干净的地板上蔓延。

多萝西看到女巫真的化掉了，就又拎来一桶水浇在那摊东西上，把地板打扫干净。地上就剩下那只银鞋子了，多萝西把它捡起来，用一块布擦干，重新穿在脚上。

现在，她终于重获自由了，她跑到院子里，告诉狮子说邪恶女巫已经完蛋，他们不再是这片陌生土地上的囚徒了。

13

援救

黄色的温基人高兴得欢呼雀跃，许多年来他们一直给邪恶的女巫当牛做马，女巫总是非常残酷地对待他们。

胆小的狮子听说邪恶女巫被一桶水浇得化掉了，真是高兴极了，多萝西立刻打开了牢房的门，让它重获自由。他们一起走进城堡，多萝西最先做的就是把全体温基人召集在一起，对他们说，他们不再是奴隶了。

黄色的温基人高兴得欢呼雀跃，许多年来他们一直给邪恶的女巫当牛做马，女巫总是非常残酷地对待他们。

他们把这一天当成了节日，举行宴会，跳舞狂欢，这一天也成了他们永久的节日。

“如果我们的朋友稻草人和铁皮伐木工也和我们在一起，”狮子说，“我就会感到很幸福了。”

“你说，我们能把他们救回来吗？”小女孩焦急地问。

“可以试一试。”狮子回答。

多萝西和狮子把黄色的温基人召集过来，问他们是不是愿意帮助他们去救朋友，温基人说是多萝西把他们从束缚中解放了出来，他们愿意尽自己所有的力量为多萝西效劳。于是，多萝西挑选了十几个看上去最有头脑的温基人，一起出发了。他们走了一整天，第二天才来到铁皮伐木工摔下去的那个怪石嶙峋的荒原。伐木工被摔得坑坑洼洼，浑身都散了架，旁边是他的斧头，斧刃已经生锈，斧柄摔成了两截。

温基人小心翼翼地把伐木工抱起来，送回黄色城堡。多萝西看见老朋友落得这副惨状，不禁流下了眼泪，狮子看起来也很难过。他们到了城堡，多萝西对那些温基人说：

“你们有铁皮匠吗？”

“噢，有的。我们有几个很出色的铁皮匠呢。”他们对她说。

“快把他们带来见我。”她说。

很快，铁皮匠们拎着放工具的篮子来了，多萝西问：“你们能把铁皮伐木工身上坑坑洼洼的地方弄平，使他恢复原来的形状，并且把摔断的地方焊接起来吗？”

铁皮匠们仔细检查了一下伐木工，回答说他们可以把他修复得跟原来一样好。

于是，铁皮匠们在城堡的一间黄色大屋子里开始工作，一连忙了三天四夜，在铁皮伐木工的腿上、身体上和脑袋上又是砸，又是拧，又是弯，又是焊，又是磨光，又是敲打。最后伐木工终于恢复了原来的形状，关节又像以前一样灵活自如了。不错，他身上多了几块补丁，但铁皮匠们手艺很好，而且伐木工也不是个虚荣的人，根本不在乎那些补丁。

伐木工走进多萝西的房间，感谢她救了他，他太高兴了，流下了喜悦的泪水。多萝西只好用她的围裙小心地替他把眼泪擦干，以免他的关节生锈。

多萝西因为又见到了老朋友，眼泪也像断了线的珍珠一样往下掉，而这些眼泪是用不着擦干的。狮子呢，它不住地用自己的尾巴尖擦眼泪，后来尾巴尖都湿透了，它只好走到外面院子里把尾巴放在太阳底下晒干。

“如果稻草人能和我们在一起，”铁皮伐木工听多萝西讲了事情的经过后，说道，“我就会非常开心了。”

“我们一定要去找找他。”小女孩说。

她把温基人叫来帮助她，他们走了一天，第二天才找到了那棵大树，带翅膀的猴子把稻草人的衣服扔到那上面的树梢上了。

这是一棵很高很高的树，树干很光滑，谁也爬不上去。伐木工立刻说：

“我来把它砍倒，就能拿到稻草人的衣服了。”

那些铁皮匠修补伐木工时，另一个温基人——他是个金匠——用纯金做了一个斧头柄，装在伐木工的斧头上，换下了原来那根断了的旧柄。他们把斧刃磨了又磨，最后，锈迹都不见了，斧头像擦亮的银子一样闪闪发光。

铁皮伐木工话一说完，就开始砍树，不一会儿，大树就轰隆一声倒了，稻草人的衣服从树枝上掉下来，散落在地上。

多萝西把衣服捡起来，带回了城堡，往里面塞进一些干净整齐的稻草。看啊！稻草人又回来了，而且和以前一样精神。他一遍又一遍地感谢他们救了他的命。

现在大家又团聚在一起了，多萝西和她的朋友们在黄色城堡里待了几天，大家什么也不缺，日子过得舒服极了。

可是有一天，小女孩想起了艾姆婶婶，她说：“我们必须再去找奥兹，让他履行他的诺言。”

“是啊，”伐木工说，“我终于要得到我的心了。”

“我要得到我的大脑了。”稻草人高兴地说。

“我要得到我的勇气了。”狮子若有所思地说。

“我要回到堪萨斯去了。”多萝西拍着手大声说，“哦，我们明天就出发去绿宝石城吧！”

事情就这么定下来了。第二天，他们把温基人召集在一起，跟他们告别。温基人很舍不得让他们走，而且这里的人特别喜欢铁皮伐木工，都请求他留下来统治他们，统治黄色的西方之国。

但他们去意已定，温基人便分别送给托托和狮子一个金项圈，送给多萝西一个镶着钻石的美丽手镯，送给稻草人一根金头拐杖，以免他走路摔跤，还送给铁皮伐木工一个银制的油罐，上面镶着金子和珍贵的宝石。

几个旅行者分别对温基人发表了一段精彩的讲话，然后跟他们一一握手，最后握手握得胳膊都酸痛了。

多萝西来到女巫的碗柜前，往篮子里装了路上吃的东西，这时她看见了那个金帽子。她把帽子戴在头上试了试，不大不小正合适。她对金帽子的魔法一无所知，只是觉得帽子很漂亮，就决定戴上它，把原来那顶阔边遮阳帽放进了篮子里。

他们做好了旅行的准备，就动身去绿宝石城了。温基人向他们说了三遍“再会”，并送给他们许多美好的祝愿。

14 带翅膀的猴子

……他们就听见一阵叽叽喳喳的说笑声和翅膀拍打的声音，那群带翅膀的猴子朝他们飞来了。

你们总还记得，邪恶女巫的城堡和绿宝石城之间并没有路——连小路都没有。当初四个旅行者去寻找女巫时，女巫派带翅膀的猴子来把他们抓去了。现在返回时要在大片大片的蝴蝶花和黄菊花地里穿行，自然要比被猴子带着飞艰难多了。

当然啦，他们知道必须一直往东走，迎着太阳升起的方向，于是便朝着正确的方向出发了。

可是到了中午，太阳升到了头顶上，就分不清哪边是东、哪边是西了，就这样，他们在漫无边际的野地里迷了路，但还是一直往前走。夜幕降临，月亮出来了，洒下明亮的清辉。他们躺在芬芳扑鼻的黄花地里，香甜地一觉睡到早晨——只有稻草人和铁皮伐木工没有合眼。

第二天早晨，太阳躲在了云彩后面，但他们还是出发了，好像很清楚该往哪儿走似的。

“只要我们走得很远很远，”多萝西说，“我相信最后总能走到某个地方的。”

可是日子一天天过去，面前除了大片大片的红花地，还是什么也看不见。

稻草人开始发牢骚了。

“我们肯定迷路了，”他说，“除非及时找对方向，赶到绿宝石城，不然我就再也得不到我的大脑了。”

“我也得不到我的心了。”铁皮伐木工说，“我恐怕都等不到拜见奥兹的那天了，必须承认这真是一段漫长的旅途。”

“你们知道，”胆小的狮子抽抽搭搭地说，“我可没有勇气永远这样长途跋涉，却哪儿也到不了。”

多萝西也失去了信心。她坐在草地上，望着她的伙伴们，他们也坐下来，眼巴巴地望着她，托托生平第一次发现自己累得不愿意去追一直从它头顶飞过的蝴蝶。它伸出舌头，呼哧呼哧地喘着气，眼睛望着多萝西，似乎在询问他们下一步该怎么办。

“如果我们把那些田鼠叫来呢，”她提议道，“它们大概能告诉我们去绿宝石城该怎么走。”

“说得对，”稻草人喊了起来，“为什么我们没有早点想到呢？”

多萝西吹响了田鼠女王送给她的那个小哨子，她一直把它挂在脖子上。几分钟后，他们就听见无数只小脚啪嗒啪嗒的声音，看见许多小灰田鼠朝多萝西跑来。女王也在它们中间，它用尖细的小声音问道：

“我能为我的朋友做些什么？”

“我们迷路了，”多萝西说，“你能告诉我们绿宝石城在哪里吗？”

“没问题，”女王回答，“可是路还很远呢，因为你们一直是往相反方向走的。”这时，它注意到多萝西头上的金帽子，便说：“你为什么不念念帽子的咒语，把带翅膀的猴子唤来呢？它们肯定能把你们带到奥兹城里去。”

“我不知道帽子有咒语，”多萝西吃惊地回答，“是什么呢？”

“写在金帽子里面呢。”田鼠女王回答，“不过如果你打算把带翅膀的猴子唤来，我们就必须赶紧逃走，那些猴子顽皮得要命，把折磨我们当成一种天大的乐趣。”

“它们不会伤害我吧？”小女孩担心地问。

“哦，不会的。它们必须服从戴帽子的人。再见！”

说完，田鼠女王就匆匆忙忙逃走了，所有的田鼠都急急地跟在它后面。

多萝西看看帽子里面，发现果然写着一些文字。她想这一定就是咒语了，于是仔细读了指示，然后把帽子戴在头上，左脚单立着说：

“爱——匹，派——匹，卡——凯！”

“你在说什么？”稻草人不明白她在做什么。

接着，多萝西右脚单立，继续说：

“嘿——罗，霍——罗，嗨——罗！”

“哈——罗！”铁皮伐木工以为多萝西在和他问好呢。

最后，多萝西双脚站立，大声喊：

“兹——贼，祖——贼，兹克！”

咒语刚念完，他们就听见一阵叽叽喳喳的说笑声和翅膀拍打的声音，那群带翅膀的猴子朝他们飞来了。

猴王在多萝西面前深鞠一躬，问道：“你有何吩咐？”

“我们想去绿宝石城，”多萝西说，“可是迷路了。”

“我们带你们去。”猴王回答，话音刚落，两只猴子就抓住多萝西，带着她飞走了。

其他猴子抓住了稻草人、伐木工和狮子，一只小猴子抓起托托，飞去追赶他们，小狗拼命想去咬它。

稻草人和铁皮伐木工一开始害怕极了，因为他们想起了带翅膀的猴子以前是怎么虐待他们的。可他们接着发现猴子们没有恶意，就开开心心地享受起高空飞行，美滋滋地欣赏下面美丽的田野和树林。

多萝西被两只最大的猴子夹在中间，飞得很平稳，其中一只就是猴王。它们用手架起一把椅子，小心翼翼地保护着她。

“你们为什么必须听从金帽子的咒语呢？”她问。

“说来话长，”猴王拍着翅膀大笑一声，“不过既然我们要飞很长一段路，我倒愿意跟你说说，如果你愿意听的话，就当作一种消遣吧。”

“我很高兴听一听呢。”多萝西回答。

“从前，”猴王开始说了，“我们是很自由的，幸福地生活在大森林里，从这棵树飞到那棵树，吃坚果和水果，想做什么就做什么，用不着听任何人吩咐。无忧无虑，每时每刻都过得很开心。那是很久很久以前了，比奥兹从云里出来统治这片土地还要早许多年。

“当时，北方住着一位美丽的公主，她同时也是一位很厉害的女魔法师，她所有的魔法都用来帮助那里的人民，据说她从不伤害善良的人。她名叫加耶莱特，住在一座红宝石宫殿里。人人都爱她，但她最大的悲哀是找不到一个她可以爱的人，因为所有的男人都太愚蠢、太丑陋，配不上这么一位美丽、聪慧的佳人。最后，她发现了一个男孩子，那份英俊、智慧和男子气，是他那个年龄少有的。加耶莱特打定了主意，等这男孩长成男子汉后，就让他做自己的丈夫。于是，她把男孩子带到她的红宝石宫殿，用她所有的魔法使男孩子变得像任何女人梦想的那样强壮、善良和可爱。奎拉拉，就是那个男孩子，长大成人了，据说是整个国家最优秀、最聪明的男人。加耶莱特深深地爱着他，迫不及待地为婚礼做好了一切准备。

“我爷爷当时是带翅膀猴子的首领，住在加耶莱特宫殿附近的森林里。那老家伙喜欢开玩笑胜过吃顿美餐。就在婚礼的前一天，我爷爷带着猴群飞出去，看见奎拉拉在河边散步，穿着用粉红色丝绸和紫色天鹅绒做的华丽衣服。我爷爷想看看奎拉拉到底有多大本事，它一声令下，猴群便冲下去，抓住奎拉拉，带着他飞到空中，一直飞到河中央，‘扑通’一声把他扔进了河里。

“‘快游出去，我的漂亮哥儿，’我爷爷喊道，‘看看河水是不是把你的衣服弄脏了。’奎拉拉那么聪明的人，哪会不知道游泳。而且他一点也没有被他的好运气惯坏。他浮出水面，哈哈大笑，游到了岸边。可是当加耶莱特跑出来找他时，却发现他的丝绸和天鹅绒衣服都被河水弄得一塌糊涂。

“公主很生气，她当然知道这件事是谁干的。她派人把所有带翅膀的猴子都带到她面前，说要把它们的翅膀都捆起来，并用它们对付奎拉拉的办法来以牙还牙，把它们扔进河里。我爷爷苦苦哀求，它知道猴子要是翅膀被捆住了，肯定会在河里淹死的，奎拉拉也为它们求情。最后加耶莱特饶了它们，但有一个条件，那就是从此以后带翅膀的猴子要听从金帽子主人的三次吩咐。这顶帽子是准备送给奎拉拉的结婚礼物，据说花去了公主半个王国的财富。不用说，我爷爷和所有其他的猴子立刻就答应了这个条件，就这样，不管金帽子的主人是谁，我们都要做他的三次奴隶。”

“后来呢?”多萝西问，她完全被这个故事吸引住了。

“奎拉拉是金帽子的第一个主人，”猴子回答，“也是第一个向我们提出要求的人。由于他的新娘不想再见到我们，他结婚后，就到森林里把我们召集到他面前，命令我们远远躲开，永远别被新娘看见，我们正巴不得这样呢，因为我们都很害怕公主。

“奎拉拉没有再命令我们做别的，后来金帽子就落到了邪恶的西方女巫手里，她让我们把温基人变成了她的奴隶，后来又把奥兹本人赶出了西方之国。现在金帽子是你的了，你有权给我们下三次命令。”

猴王的故事讲完了，多萝西低头一看，发现面前就是绿宝石城闪闪发亮的绿色城墙了。她很高兴旅途结束了。这些奇怪的猴子小心地把几位旅行者放在城门前，猴王朝多萝西深深地鞠了一躬，然后迅速地飞走了，后面跟着它的猴群。

“这一路飞得真顺利。”小女孩说。

“是啊，一下子就解决了我们的烦恼。”狮子回答，“多亏你拿走了那顶奇妙的帽子！”

加耶莱特
北方
魔法大典

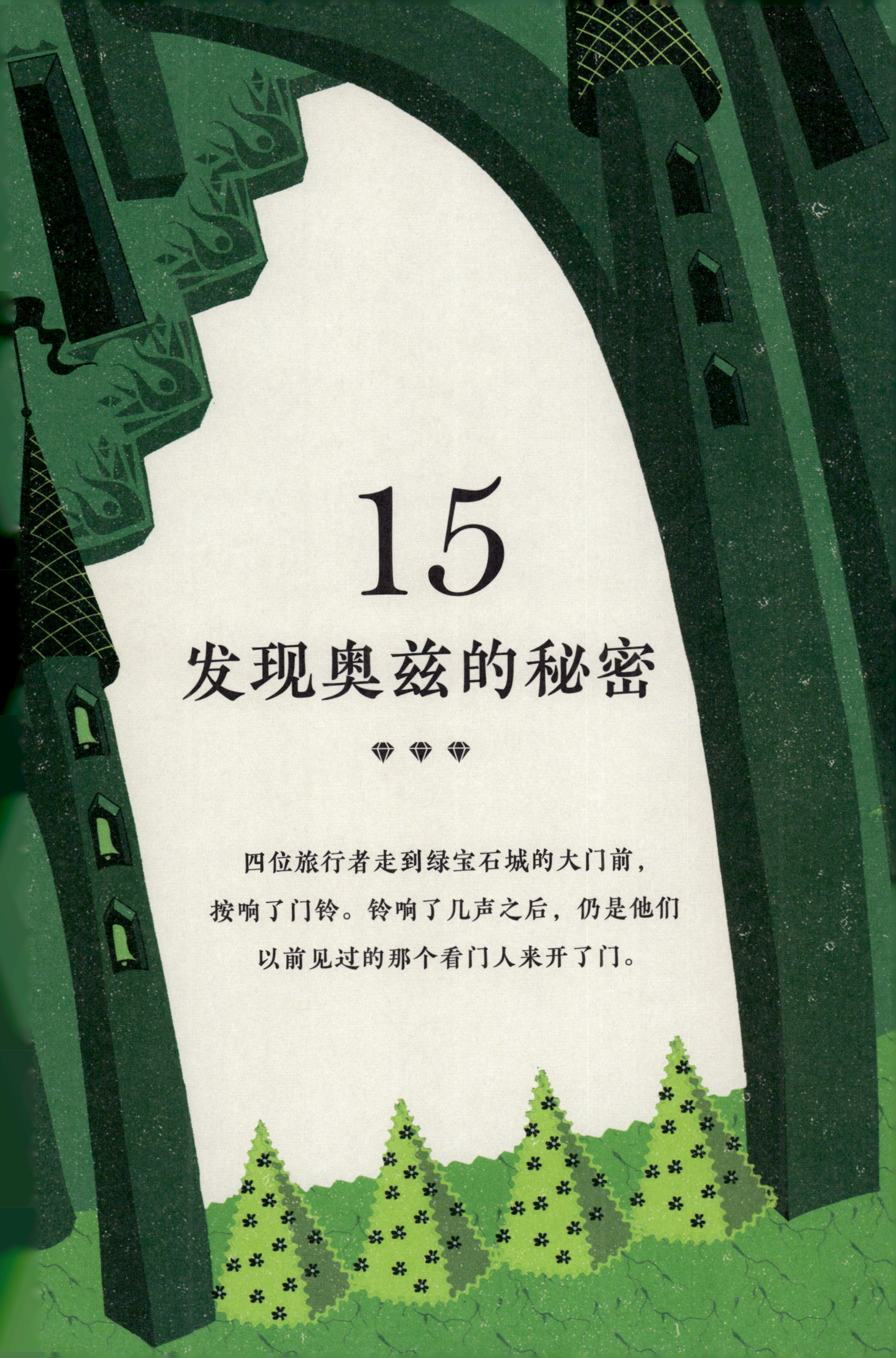

15

发现奥兹的秘密

四位旅行者走到绿宝石城的大门前，按响了门铃。铃响了几声之后，仍是他们以前见过的那个看门人来开了门。

四位旅行者走到绿宝石城的大门前，按响了门铃。铃响了几声之后，仍是他们以前见过的那个看门人来开了门。

“怎么！你们又回来了？”他吃惊地问。

“你不是看见了吗？”稻草人回答。

“我还以为你们去找邪恶的西方女巫了呢。”

“我们确实去找她了。”稻草人说。

“她又放你们走了？”那人惊奇地问。

“她没法不放我们，她已经化掉了。”稻草人解释说。

“化掉了！啊，那倒真是个好消息。是谁把她化掉的呢？”

“是多萝西。”狮子严肃地说。

“真了不起！”那人叫道，向多萝西深深地鞠了一躬。

看门人把他们领进他的小屋，从大箱子里拿出眼镜，戴在他们的眼睛上锁好，就像上次那样。然后，他们穿过大门，进了绿宝石城。当人们从看门人那里听说多萝西把邪恶的西方女巫溶化了时，都围在旅行者身边，一大群人簇拥着他们来到奥兹的宫殿。

绿胡子士兵还在门前站岗，但他二话不说就放他们进

去了，接着又是那位美丽的绿姑娘来迎接他们，她立刻就把他们带到各自原来的房间，让他们好好休息，看奥兹什么时候愿意接见他们。

士兵马上就把消息告诉了奥兹，说多萝西和其他旅行者杀死了邪恶的女巫，现在又回来了，奥兹没有回答。他们还以为奥兹会立刻接见他们呢，但他没有。第二天他那里也没有传出话来，第三天、第四天还是这样。等待令人疲劳和焦虑，最后他们都生气了，奥兹当初派他们去吃苦、做奴隶，现在却竟然用这么恶劣的方式对待他们。于是，稻草人最后请绿姑娘又给奥兹带去一条口信，说如果奥兹不立刻接见他们，他们就要把带翅膀的猴子召来帮助他们，看看他说话到底算不算数。魔法师得到这条口信后，害怕极了，派人叫他们第二天上午九点零四分到觐见室去。他曾在西方之国遭遇过那些带翅膀的猴子，不希望再跟它们碰面了。

四个旅行者度过了一个不眠之夜，每个人都在想着奥兹答应送给他们的礼物。多萝西只睡了一会儿，她梦见自己回到了堪萨斯，艾姆婶婶对她说，看到自己的小姑娘又回家了，她是多么高兴啊。第二天上午九点整，绿胡子士兵来到他们面前，四分钟后，他们都走进了大魔法师奥兹的觐见室。

不用说，每个人都以为魔法师还是以前的那个形状，当他们左右环顾，发现房间里一个人也没有时，都感到非常吃惊。他们退缩到门口，互相挨得紧紧的，因为空荡荡的房间里一片寂静，比他们以前看见的任何形状的奥兹都要吓人。

很快，他们听见一个严肃的声音，似乎是从靠近大圆屋顶的什么地方发出来的，那声音说：

“我是伟大而可怕的奥兹。你们为什么来找我？”

他们又环视了一圈整个房间，还是一个人也没看见，于是多萝西问：“你在哪里？”

“我无处不在，”那声音说，“但在凡人的眼睛里，我是看不见的。现在我要坐到我的宝座上去，你们可以跟我谈话。”真的，那声音似乎是直接从宝座上发出来的。于是，他们走近宝座，站成一排，多萝西说：“我们来要求你履行诺言，奥兹。”

“什么诺言？”奥兹问。

“你许诺说，等邪恶的女巫被杀死后，你就把我送回堪萨斯去。”小女孩说。

“你还许诺给我大脑。”稻草人说。

“你还许诺给我一颗心。”铁皮伐木工说。

“你还许诺给我勇气。”胆小的狮子说。

“邪恶的女巫真的被杀死了？”那声音问，多萝西似乎听出它在微微颤抖。

“是的，”多萝西回答，“我用一桶水把她给溶化掉了。”

“天哪！”那声音说，“多么令人意外！好吧，明天再来找我，我需要时间好好考虑考虑。”

“我们已经给了你足够的时间。”铁皮伐木工生气地说。

“我们一天也不能再等了。”稻草人说。

“你必须履行对我们的许诺！”多萝西大声说。

狮子觉得最好吓唬吓唬魔法师，就发出了一声惊天动地的大吼。那声音太可怕了，托托惊慌地从狮子身边跳开，把竖在墙角的屏风给撞翻了。屏风哗啦一声倒下来，他们都朝那边望去，接着便都吃惊得说不出话来。他们看见在屏风刚才挡住的地方，站着一个小老头儿，秃脑袋，满脸皱纹，看上去跟他们一样吃惊。

铁皮伐木工举起斧头冲向那个小个子男人，喊道：“你是谁？”

“我是伟大而可怕的奥兹，”小个子男人的声音发着抖，“可是求求你别砍我——你们叫我做什么我就做什么。”

我们的朋友们又吃惊又失望地看着他。

“我以为奥兹是颗大脑袋。”多萝西说。

“我以为奥兹是个美丽的女人。”稻草人说。

“我以为奥兹是个可怕的野兽。”铁皮伐木工说。

“我以为奥兹是个火球。”狮子说。

“不，你们都错了，”他低声下气地说，“我那是骗骗人的。”

“骗人！”多萝西喊道，“你不是个了不起的魔法师吗？”

“嘘，亲爱的，”他说，“别这么大声儿，会被人听见的，那样我就完蛋了。人们都以为我是个了不起的魔法师呢。”

“你不是吗？”多萝西问。

“压根儿就不是，亲爱的。我只是个普通人。”

“你才不是普通人呢，”稻草人伤心地说，“你是个骗子。”

“太对了！”小个子男人大声说，搓着双手，似乎很高兴的样子，“我就是个骗子。”

“这太可怕了，”铁皮伐木工说，“那我怎么得到我的心呢？”

“我怎么得到勇气呢？”狮子问。

“我怎么得到大脑呢？”稻草人哭喊着，用衣服袖子擦去了眼泪。

“我亲爱的朋友们，”奥兹说，“我请求你们不要再说这些小事情了。替我想想吧，我被你们发现，就要倒大霉了。”

“谁都不知道你是个骗子吗？”多萝西问。

“除了你们四个还有我自己，谁都不知道。”奥兹回答，“我瞒了大家这么长时间，还以为永远不会被人发现呢。当初我真不应该让你们进入觐见室。”

“可是，我不明白，”多萝西迷惑地说，“你怎么在我面前是一颗大脑袋的样子呢？”

“这是我变的一个戏法。”奥兹回答，“请到这边来，我把一切都告诉你们。”

奥兹领头走向觐见室后面的一个小房间，他们都跟了上去。他指着一个墙角，那颗大脑袋就放在那里，是用纸一层一层地糊起来的，脸上的五官是仔细画上去的。

“我用一根绳子把它从天花板上悬挂下来，”奥兹说，“我站在屏风后面，拉动一根线，让它眼睛会动，嘴巴会张。”

“可是那声音呢？”多萝西问。

“噢，我会口技。”小个子男人说，“我可以把我的声音随便投到任何地方，所以你才以为它是从大脑袋里发出来的。这些是我用来骗你们的其他东西。”他给稻草人看了他假装成美丽女人时穿的衣服、戴的面具。铁皮伐木工看到，他眼里那头可怕的野兽不过是一堆缝在一起的皮子，里面用板条把身体撑开。至于那个火球，也是假魔法师从天花板上悬挂下来的。它实际上是一个棉花球，上面浇了油，便剧烈地燃烧起来了。

“说真的，”稻草人说，“你真该为自己是这么个大骗子而脸红。”

“是啊，确实是的，”小个子男人悲哀地回答，“可是我没有别的办法。请坐下吧，这里椅子多的是。我把我的故事讲给你们听听。”

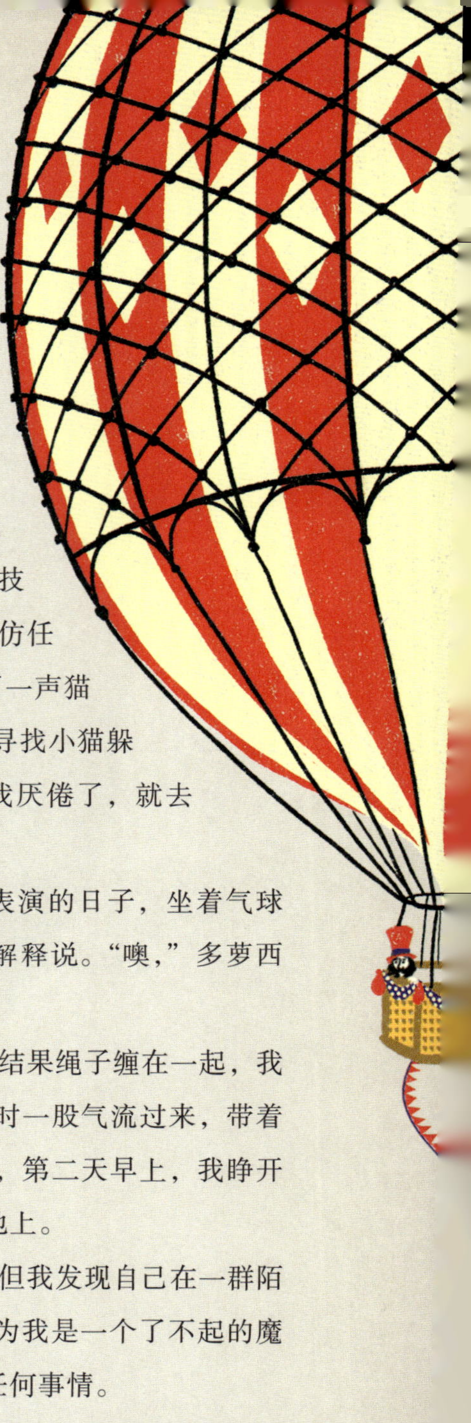

于是，他们坐下来，听奥兹讲了下面这个故事。

“我出生在奥马哈——”

“啊，那儿离堪萨斯不远！”多萝西大声说。

“不远，但离这里可就远了。”他忧伤地对多萝西摇了摇头，“我长大后，成了一个口技演员，曾受过一位大师的正规调教，可以模仿任何一种鸟和野兽的叫声。”说到这里，他学了一声猫叫，学得像极了，托托立刻竖起耳朵，到处寻找小猫躲在什么地方。“过了一阵，”奥兹继续说，“我厌倦了，就去做了一个气球驾驶员。”

“那是什么呀？”多萝西问。“在马戏团表演的日子，坐着气球上天，吸引一大批观众买票去看马戏。”他解释说。“噢，”多萝西说，“我知道了。”

“就这样，有一天我坐着一只气球上天，结果绳子缠在一起，我没法降落了。气球一直升到高高的云端，这时一股气流过来，带着气球飞了很远很远。我在空中飘了一天一夜，第二天早上，我睁开眼睛，发现气球飘浮在一片陌生而美丽的土地上。

“气球慢慢降落下来，我一点也没受伤，但我发现自己在一群陌生人中间，他们看见我从云端落下来，都以为我是一个了不起的魔法师。他们害怕我，答应做我想让他们做的任何事情。

“我为了自己消遣，也为了让这些善良的人有点事情做做，就

命令他们建造了这座城市和我的宫殿，他们干得十分卖力。后来我想，既然这片地方是这样翠绿和美丽，就管它叫绿宝石城吧。为了使这个名字更加恰当，我让人们都戴上了绿色眼镜，这样他们看到的一切都成了绿色的。”

“难道这里的一切不都是绿的吗？”多萝西问。

“并不比别的城市更绿，”奥兹回答，“可是当你戴上绿色眼镜，你看到的一切当然都变成了绿色的。绿宝石城是许多年前建造的，气球把我带到这里来时我还是个年轻人，现在已经是个老头子了。可是我的人民这么长时间来一直戴着绿眼镜，所以大多数人都以为这真的是一座绿宝石城。这里确实是个美丽的地方，有丰富的宝石和稀有金属，还有每一样能够使人幸福的好东西。我对人民很仁慈，他们都爱戴我。可是自从这座宫殿建好之后，我就闭门不出，再也不见他们任何人了。

“我最大的担心之一是那些女巫，我自己是不会一点魔法的，我很快发现，女巫确实有一些很神奇的本领。这片土地上一共有四个女巫，分别统治着北方、南方、东方和西方的人们。幸运的是，北方和南方的女巫都很善良，我知道她们是不会伤害我的。但东方和西方的女巫是极其邪恶的，要不是她们以为我比她们更厉害，肯定早就把我给消灭了。就这样，我怀着对她们的恐惧，惶惶不安地过了许多年。当我听说你的房子砸在了邪恶的东方女巫身上时，我是多么高兴。后来你来找我，我愿意答应你任何事情，只要你能把另

一个女巫也消灭掉。可是，现在你把她给化掉了，我只好惭愧地承认，我没法履行我的诺言。”

“我认为你是一个很坏的人。”多萝西说。

“哦，不，亲爱的，我其实是个很好的人，但我是个很糟糕的魔法师，这点我必须承认。”

“你不能给我大脑了吗？”稻草人问。

“你用不着大脑。你每天都能学到新东西。婴儿是有大脑的，但婴儿并不知道多少事情。只有经验才能给人带来知识，你在地球上的时间越长，所得到的经验就越多。”

“这话说得也许不错，”稻草人说，“但如果你不给我大脑，我会非常不开心的。”

假魔法师仔细打量着稻草人。“好吧，”他叹了口气说，“我说过，我不算什么魔法师，但如果你明天早晨来找我，我会往你的脑袋里塞进一些大脑。至于怎么使用它们，我可不能告诉你，你必须自己去弄清这一点。”

“哦，谢谢你，谢谢你！”稻草人激动地说，“我肯定有办法使用它们的，不用担心！”

“那我的勇气怎么办呢？”狮子焦急地问。

“我相信你有足够的勇气，”奥兹回答，“你所需要的是对自己的信心。任何一个生命，面对危险都会感到害怕的。真正的勇气，是害怕时仍然敢于面对危险，而你并不缺少这种勇气。”

“也许是吧，但我还是感到害怕。”狮子说，“如果你不给我那种使人忘记害怕的勇气，我会感到很不开心的。”

“那么好吧，明天我就给你那种勇气。”奥兹回答。

“那我的心呢？”铁皮伐木工问。

“啊，至于那个，”奥兹回答，“我认为你压根儿就不应该要一颗心。心使得大多数人都不快乐。你要知道，你没有心倒是一件幸运的事呢。”

“对这件事的看法因人而异，”铁皮伐木工说，“对我来说，如果你能给我一颗心，我愿意毫无怨言地忍受所有的不快乐。”

“很好。”奥兹顺从地回答，“明天你来找我，就能得到一颗心。我扮演魔法师已经这么多年了，不妨再继续扮演一段时间吧。”

“那么，”多萝西问，“我怎么返回堪萨斯去呢？”

“这个问题我们得好好想想，”小个子男人回答，“给我两三天时间考虑一下，我要想个办法让你越过沙漠。这段时间，你们都将作为我的客人受到款待。我对你们的这些帮助只求一件事作为回报：你们必须给我保守秘密，不要告诉任何人我是个骗子。”

他们答应不把这件事透露出去，然后兴高采烈地回到自己的房间去了。就连多萝西也希望“伟大而可怕的骗子”——她是这么称呼奥兹的——会想出办法把她送回堪萨斯去，如果真是那样，她便愿意原谅奥兹所做的一切。

16

大骗子的魔法

“祝贺我吧。我终于要去找奥兹得到我的大脑了。等我回来时，我就跟其他人一样了。”

第二天早上，稻草人对朋友们说："祝贺我吧。我终于要去找奥兹得到我的大脑了。等我回来时，我就跟其他人一样了。"

"我一直很喜欢你原来的样子。"多萝西简单地说。

"你是心眼好，才会喜欢一个稻草人。"稻草人回答，"当你听到我的新大脑将要产生的奇妙想法时，你肯定会更加看重我的。"

他用喜悦的声音跟大家告别，去了觐见室，敲了敲门。

"请进。"奥兹说。

稻草人走进去，发现那个小个子男人正坐在窗边沉思。

"我来领取我的大脑。"稻草人有点不安地说。

"噢，是的，请坐在那把椅子上吧。"奥兹回答，"你必须原谅我得先把你的脑袋拿下来，我不得不这么做，这样才能把你的大脑装在合适的位置上。"

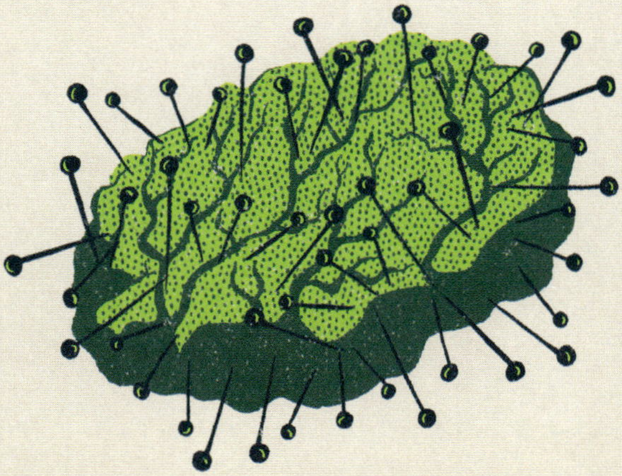

“没问题，”稻草人说，“欢迎你把我的脑袋拿掉，只要重新放回来的脑袋比原来的那个更优秀就行。”

于是，魔法师取下稻草人的脑袋，倒出里面的稻草。他走进后面的屋子，拿了一些糠，跟许多缝衣针和别针混在一起。经过充分的摇晃之后，他把这种混合物装进稻草人脑袋里，再用稻草填满空隙，把大脑牢牢地固定在里面。

魔法师把稻草人的脑袋重新装在他的身体上，对他说：“从此以后，你会成为一个了不起的人，因为我给了你许多崭新的大脑。”

稻草人最大的愿望得到了满足，感到又高兴、又骄傲，他真诚地谢过奥兹，便回到了朋友们中间。

多萝西好奇地看着他。他的脑袋里因为装了大脑，顶上变得鼓鼓囊囊的。

“感觉怎么样？”她问。

“我确实觉得自己变聪明了，”稻草人真心实意地回答，“等我习惯了我的大脑，就什么都知道了。”

“你脑袋上为什么冒出了好多别针和缝衣针呢？”铁皮伐木工问。

“那证明他很锐利。”狮子说。

“好了，我得去找奥兹拿我的心了。”伐木工说。于是他走到觐见室，敲了敲门。

“请进。”奥兹大声说。

伐木工走进去说：“我来领取我的心。”

“很好。”小个子男人说，“但我必须在你胸前剪开一个洞，好把你的心放在合适的位置。我希望那不会弄疼你。”

“哦，没事儿，”伐木工回答，“我根本不会有感觉的。”

奥兹拿来一把铁皮匠的大剪刀，在伐木工的左边胸口剪开了一个方方的小洞。他走到五斗橱前拿出一颗小巧玲珑的心，那颗心是用丝绸做的，里面塞满了锯末。

“漂亮不漂亮？”他问。

“真漂亮啊！”伐木工高兴地回答，“它是一颗善良的心吗？”

“哦，非常善良！”奥兹回答。

他把那颗心装进伐木工的胸膛，又把那块小方铁皮放回原处，把剪开的地方焊得平平整整。

“行了，”他说，“现在你有了一颗足以让任何人感到骄傲的心。对不起，我不得不给你的胸口打了一块补丁，这实在是没有办法的事。”

“别理会那补丁啦！”快活的伐木工大声说，“我非常感谢你，永远不会忘记你的仁慈。”

“这没什么。”奥兹回答。

铁皮伐木工回到朋友们中间，他们为了他的好运气而一个劲儿地祝贺他。

现在，狮子走到觐见室门前，敲了敲门。

“请进。”奥兹说。

“我来领取我的勇气。”狮子走进屋，宣布道。

“很好，”小个子男人回答，“我这就去拿给你。”

他走到一个柜子前，从上面高高的架子上取下一个绿色的方瓶子，把里面的东西倒进一个碟子。他把这东西放在胆小的狮子面前，狮子闻了闻，似乎不太喜欢。

魔法师说：“喝吧。”

“这是什么？”狮子问。

“是这样，”奥兹回答，“它到了你的体内，就会变成勇气。勇气是存在于一个人内心的。所以这东西现在还不能称为勇气，除非你把它吞到肚子里。因此，我建议你尽快把它喝下去。”

狮子不再犹豫，一口气把碟子里的药水喝了个干净。

“你现在感觉怎么样？”

“充满了勇气！”狮子回答。它欢天喜地地回到朋友们中间，把自己的好运气告诉了他们。

奥兹一个人待在觐见室里，想到他成功地给了稻草人、铁皮伐木工和狮子他们以为自己想要的东西，不禁露出了微笑。

“我怎么能不做一个骗子呢？”他说，“所有这些人都叫我做一些明知道不可能做到的事情。让稻草人、狮子和伐木工满意很容易，因为他们把我想象得无所不能。可是要把多萝西送回堪萨斯，就需要更多的想象力了，我实在不知道这件事该怎么办。”

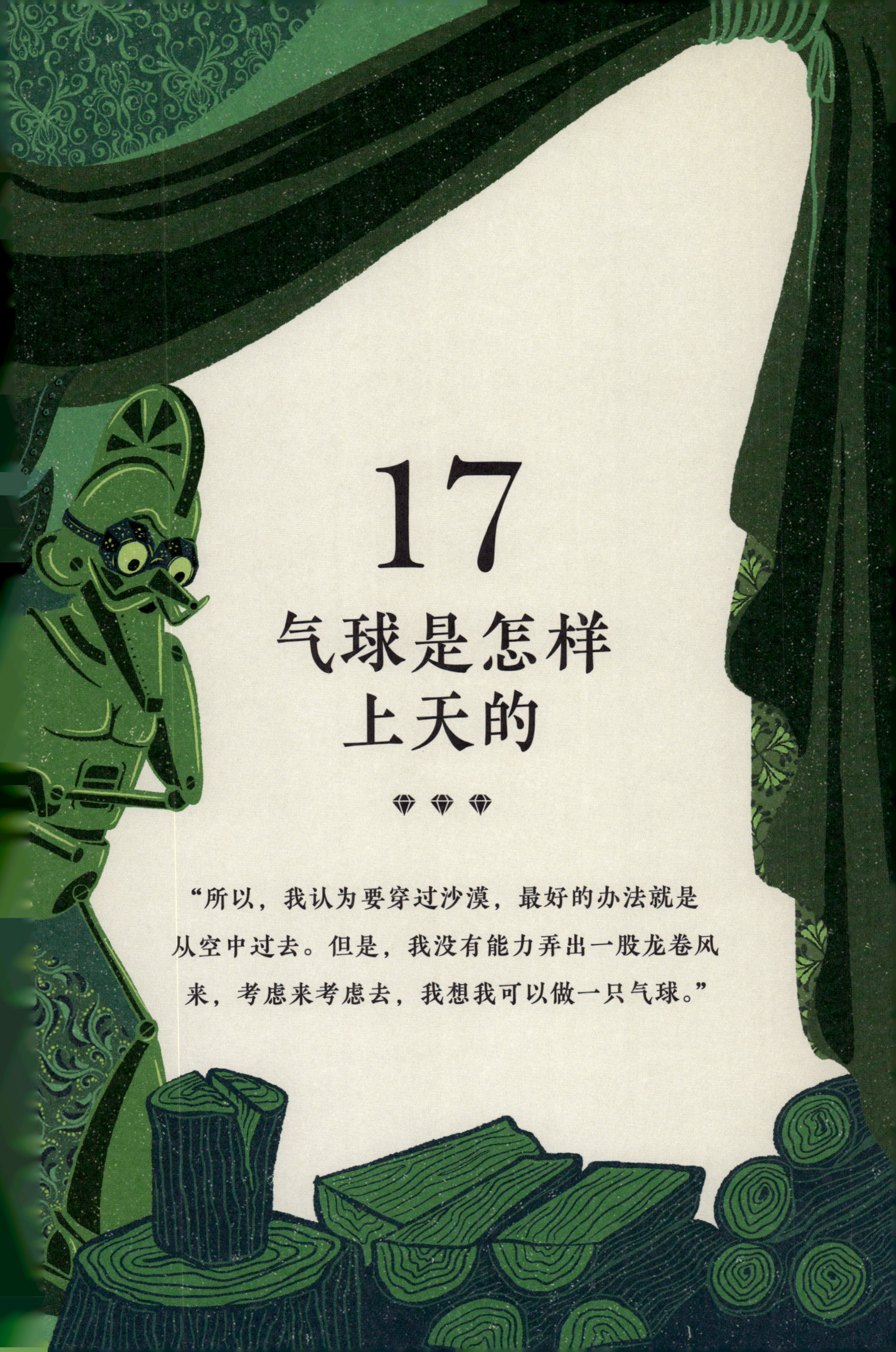

17

气球是怎样上天的

“所以，我认为要穿过沙漠，最好的办法就是从空中过去。但是，我没有能力弄出一股龙卷风来，考虑来考虑去，我想我可以做一只气球。”

一连三天没有听到奥兹的消息，小女孩的心情很不好，不过她的朋友们倒是都很开心，很满足。

稻草人对大家说，他脑子里有一些很棒的想法，但他不肯说这些想法是什么。因为除了他自己，谁也不可能理解。

铁皮伐木工走来走去的时候，听见自己的心在胸膛里哗啦哗啦响。

他对多萝西说，他发现这颗心比他当初血肉之躯时的那颗心更温柔、更善良。

狮子宣称自己不再害怕地球上的任何东西了，巴不得能够面对千军万马或十几个凶恶的卡利达。

这个小集体里的每个人都心满意足，只有多萝西闷闷不乐，她比以往任何时候都更渴望回到堪萨斯去。

第四天，奥兹终于派人来叫她了，她高兴极了。多萝西走进觐见室，奥兹喜悦地招呼她：

“坐下吧，亲爱的，我想我找到让你离开这个国家的办法了。”

“能回堪萨斯去吗？”多萝西急切地问。

“哟，去不去堪萨斯我倒没把握，”奥兹说，“我根本不知道那地方在哪儿。但首先必须穿过沙漠，然后就比较容易找到你回家的路了。”

“怎样才能穿过沙漠呢？”多萝西问道。

“好吧，我把我的想法告诉你吧。”小个子男人说，“你知道吗？我是乘一只气球来到这里的，你呢，也是从空中飞来，被一阵龙卷风刮过来的。所以，我认为要穿过沙漠，最好的办法就是从空中过去。但是，我没有能力弄出一股龙卷风来，考虑来考虑去，我想我可以做一只气球。”

“怎么做呢？”多萝西问。

“气球是用绸布做的，”奥兹说，“表面蒙一层胶水，不让气体跑出来。我宫殿里有的是绸布，做气球根本不费什么劲儿。可是这个国家没有氢气可以装满气球，让它飘起来。”

“如果它飘不起来，”多萝西说，“对我们还有什么用呢？”

“不错，”奥兹回答，“不过还有一种办法也能让它飘起来，就是往里面灌满热空气。但是热空气不如氢气，因为如果空气变冷，气球就会降落在沙漠里，我们就迷路了。”

“我们！”小女孩惊叫起来，“你也跟我们一起去吗？”

“当然。”奥兹回答，“这样的骗子我已经当够了。我只要走出这个宫殿，人们很快就会发现我不是魔法师，他们会因为我欺骗了他们而生我的气。我只好整天把自己关在这些屋子里，真是闷死人了。我还不如跟你一起回堪萨斯，重新加入一个马戏团呢。”

“有你跟我做伴，真是太好了。”多萝西说。

“谢谢。”奥兹回答，“好吧，如果你能帮我把绸布缝在一起，我们就开始做气球吧。”

于是，多萝西拿来针线，奥兹飞快地把一段段绸子裁剪成合适的形状，小女孩敏捷地把它们缝在一起，缝得整整齐齐。先是一段浅绿色的绸布，然后是一段深绿色的，再是一段鲜绿色的。他们花了三天时间才把所有的绸子缝到一起，得到了一个三十多英尺长的绿色绸布大口袋。

奥兹给绸布袋里面涂了薄薄的一层胶，不让它漏气，然后便宣布气球已经做好了。

“还得有个篮子让我们坐在里面。”他说。

他派绿胡子士兵取来一只很大的洗衣篮，用好几根绳子把它绑在气球底下。

万事俱备后，奥兹派人送信给他的臣民，说他要去拜访他那住在云彩里的魔法师大哥。

消息不胫而走，迅速传遍了全城，大家都想来看看这一壮观的景象。

奥兹命人把气球搬出来放在宫殿前面，人们十分好奇地盯着它看。铁皮伐木工已经劈好一大堆木头，现在又生着了火，奥兹把气球底部架在火上，那绸布袋就兜住了火里冒出来的热气。气球慢慢地鼓了起来，升向空中，最后篮子也快要离开地面了。

奥兹钻进篮子，大声对所有的人说：

“我这就要出去做客了。我不在的时候，由稻草人来统治你们。我命令你们像服从我一样地服从他。”

这时候，气球使劲拽着把它固定在地上的绳索，因为气球里面的空气是热的，比外面的空气轻得多，所以此刻气球正挣扎着要往天上飞。

“快来，多萝西！”魔法师喊道，“抓紧时间，不然气球就飞走了。”

“我找不到托托了。”多萝西回答。她可不愿意撇下心爱的小狗。原来托托跑到人群里，在冲一只小猫汪汪叫，多萝西终于找到了它，于是一把抱起托托，朝气球跑去。

还差几步了，奥兹伸出手来想把多萝西拉进气球，就在这时，“嘣”的一声，绳子断了，气球朝空中飞去，而多萝西还没有上去。

“回来！”她大叫道，“我也要去！”

“我回不来啦，亲爱的！”奥兹在篮子里喊道，“再见啦！”

“再见啦！”大家都在喊，所有的目光都向上望着篮子里的魔法师，气球在空中越升越高了。

从那以后，他们再也没有见过大魔法师奥兹，不过据我们所知，他可能已经安全到达了奥马哈，而且现在还在那儿呢。但是这里的人还在深情地怀念他，互相说着：

“奥兹一直是我们的朋友。当年他在这里时，为我们建造了这座美丽的绿宝石城，现在他走了，还留下了聪明的稻草人统治我们。”

然而，失去了大魔法师，他们还是难过了许多天，怎么也高兴不起来。

18

去往南方

“如果多萝西愿意在绿宝石城里生活，”稻草人继续说，“我们就可以高高兴兴地在一起了。”

返回堪萨斯的希望破灭了，一想到再也不能回家了，多萝西哭得很伤心。

铁皮伐木工过来对她说：

“那个人给了我这颗可爱的心，如果我不为他感到难过，就显得太没有良心了。我真应该为了奥兹的离去而哭上一场，麻烦你行行好，帮我把眼泪擦掉吧，这样我就不会生锈了。”

“非常乐意。”多萝西立刻拿来一条毛巾。铁皮伐木工便哭了几分钟，多萝西仔细地用毛巾把他的泪水擦干。铁皮伐木工哭完后，还用他那镶着宝石的油罐给自己彻底抹了一遍油，以防不测。

稻草人现在成了绿宝石城的统治者，他虽说不是个魔法师，但人们都为他感到自豪。“世界上再没有哪座城市是由一个稻草人统治的了。”

气球带着奥兹飞走的第二天早上，四位旅行者在觐见宫碰面。

稻草人坐在大宝座上，其他人毕恭毕敬地站在他面前。

“我们的运气并不算太坏，”新的统治者说，“这座宫殿和绿宝石城现在归我们所有了，随便做什么都行。想想吧，就在不久以前，我还竖在一个农夫的玉米田里，现在却成了这座美丽城市的统治者，我对我的命运非常满意。”

“我对我这颗新的心也很满意，”铁皮伐木工说，“说实在的，在这个世界上我只想得到这件东西。”

“我呢，我现在知道我比古往今来所有的动物都勇敢——姑且不说比它们还要勇敢吧，我也很满意了。”狮子谦虚地说。

“如果多萝西愿意在绿宝石城里生活，”稻草人继续说，“我们就可以高高兴兴地在一起了。”

“可是我不想住在这里，”多萝西大声说，“我想回堪萨斯，跟我的艾姆婶婶和亨利叔叔一起生活。”

“哟，那怎么办呢？”伐木工问。

稻草人决定好好思考思考，他想得太使劲了，那些缝衣针和别针都从脑袋里冒出来了。最后他说：

“不如把带翅膀的猴子叫来，让它们带着你飞过沙漠吧？”

“这我倒从来没想到！”多萝西高兴地说，“就这么办，我马上就去拿金帽子。”

她把金帽子拿到觐见宫，念了那段神奇的咒语，很快，那伙带翅膀的猴子就从敞开的窗口飞进来，站在她的身边。

“你这是第二次召唤我们了。”猴王在小姑娘面前鞠了一躬，说道，“你有何吩咐？”

“我想要你们带我飞到堪萨斯去。”多萝西说。

没想到猴王摇了摇头。

“那是办不到的。”猴王说，“我们只属于这个国家。堪萨斯不曾有过带翅膀的猴子，我想以后也不会有，因为我们不属于那里。我们愿意用自己的力量为你做任何事情，但不能越过沙漠。再见。”

猴王又鞠了一躬，便展开双翅从窗口飞走了，它的随从也跟着飞了出去。

多萝西失望得快要哭了。“我白白浪费了金帽子的魔力，”她说，“带翅膀的猴子帮不了我。”

“真是太糟糕了！”软心肠的伐木工说。

稻草人又在思索了，他的脑袋鼓得那么吓人，多萝西真怕它会爆炸。

“我们把绿胡子士兵叫来吧，”稻草人说，“听听他有什么意见。”

士兵被叫来了，他腼腆地走进觐见宫，当初奥兹在的时候，他是从来不被允许跨进门来的。

“这个小姑娘想穿越沙漠，”稻草人对士兵说，“怎样才能做到呢？”

“我说不上来，”士兵回答，“谁也没有穿越过沙漠，除非奥兹本人。”

“难道就没有一个人能帮助我吗？”多萝西恳切地问。

“格林达也许可以。”士兵提议。

“格林达是谁？”稻草人问。

“南方女巫。她统治着考德林人，是所有女巫中最强大的，她的城堡就在沙漠边上，所以她没准儿知道怎么穿越沙漠。”

“格林达是善良的女巫吧？”小姑娘问。

“考德林人认为她很善良，”士兵说，“她对每个人都很仁慈。我还听说格林达是个美丽的女人，虽说已经活了许多年，却知道怎么使自己保持年轻。”

“我怎样才能到她的城堡去呢？”多萝西问。

“有条路一直通向南方，”士兵回答，“但据说一路上充满了危险。树林子里有野兽，还有一批怪模怪样的人，不愿意让陌生人穿过他们的国家。正是因为这个，考德林人从来没有到绿宝石城来过。”

士兵说完就走了。稻草人说：

“看来，尽管有很多危险，但对多萝西来说，最好的办法就是到南方之国去请求格林达的帮助。如果多萝西一直待在这里，是永远也不可能回到堪萨斯去的。”

“你一定又考虑过了。”铁皮伐木工说。

“是啊。”稻草人说。

“我要和多萝西一起去，”狮子宣布道，“我在你的城里待腻了，渴望回到树林和野外去。我其实是一头野兽啊。而且，多萝西也需要有人保护。”

“这倒是真的，”伐木工同意道，“我的斧头也能为她效劳，所以我也要陪她一起到南方之国去。”

“我们什么时候出发？”稻草人问。

“你也要去？”他们吃惊地问。

“那还用说，如果不是多萝西，我永远也不会有大脑。是她把我从玉米田的杆子上拔下来，带我来到了绿宝石城。我的好运气都要归功于她，所以我绝对不会离开她，除非她动身返回堪萨斯，再也不回来了。”

“谢谢你！”多萝西感激地说，“你们都对我太好了。我希望尽快就出发。”

“我们明天再走吧，”稻草人回答，“大家都做好准备，这趟路程可不近呢。”

19

遭遇打人树

朋友们都把脸朝向南方，阳光非常灿烂。

大家兴高采烈，一路上说说笑笑。

第二天早晨，多萝西跟漂亮的绿姑娘吻别，他们还跟绿胡子士兵握了握手，绿胡子士兵把他们一直送到大门口。看门人又一次看见他们，觉得非常惊奇，不明白他们怎么舍得离开这座美丽的城市，去寻找新的麻烦。

但他二话没说，立刻给他们解下眼镜，放进那只绿箱子里，并给了他们许多美好的祝愿。

“你现在是我们的统治者了，”他对稻草人说，“所以必须尽快回到我们身边。”

“如果可能，我当然会尽快赶回来，”稻草人回答，“但我必须先帮助多萝西回家。”

多萝西向好心的看门人告别时，说道：

“我在你们这座可爱的城市里受到了非常友好的款待，每个人都对我很好。我难以表达心中的感激。”

“不用说了，亲爱的。”看门人回答，“我们真想把你留在我们身边，但既然你希望回到堪萨斯去，那我诚挚地祝愿你能找到回家的路。”

说完，看门人便打开城墙的门，多萝西一行人走出去，再次开始旅行。

朋友们都把脸朝向南方，阳光非常灿烂。大家兴高采烈，一路上说说笑笑。

多萝西心里又充满了回家的希望，稻草人和铁皮伐木工很高兴能够帮助她。

至于狮子，因为又来到了野外，所以此刻正欣喜地嗅着清新的空气，开心地摇摆着尾巴。

托托在他们周围跑来跑去，追赶飞蛾和蝴蝶，时不时快乐地汪汪大叫。

“城市生活一点也不适合我。”他们步履欢快地走着时，狮子发表意见，“自从住在城里以来，我掉了不少肉呢，而且，现在我巴不得赶紧让别的野兽看看我变得多么勇敢了。”

这时，他们转过身，最后再看了一眼绿宝石城。

“其实奥兹并不是一个很糟糕的魔法师。”铁皮伐木工说，他觉得自己的心在胸腔里哗啦哗啦地响。

“他知道怎么给我一个大脑，而且是非常好的大脑呢。”稻草人说。

“如果奥兹喝了他给我的那些勇气药水，”狮子说，“他准会是一个勇敢的人。”

多萝西什么也没说。

奥兹没有做到向她保证的事情，但他尽了自己最大的努力，多萝西也就原谅他了。就像他自己说的，他虽然是个蹩脚的魔法师，却是一个好人呢。

第一天的旅行，是穿过绿宝石城周围绿色的田野和艳丽的花丛。夜里，他们在草地上睡觉，只有星星在天上朝他们眨着眼睛。每个人都睡得非常踏实。

早上，他们继续赶路，来到了一处茂密的树林。这片林子左右都望不到头，没有办法绕过去，他们也不敢改变前行的方向，生怕迷路。

他们开始寻找一个最容易钻进树林的地方。

走在最前面的稻草人终于发现了一棵大树，它的树枝伸展得很开，足够他们几个从下面通过。他就朝那棵树走去，可是刚来到第一丛树枝下面，那些树枝就垂下来把他缠住了，并且把他举得高高的离开地面，朝他的伙伴们直抡了过去。稻草人倒没有受伤，但吃惊不小。

“这里树和树之间也有一个空隙呢。”狮子喊道。

“让我先试试吧，”稻草人说，“我被扔来扔去也不会受伤。”

他说着便朝另一棵树走去，但树枝立刻把他抓住，并狠狠地扔了回来。

“太奇怪了，”多萝西喊道，“这可怎么办呢？”

“这些树似乎拿定主意要跟我们打架，不让我们通过呢。”狮子说。

“我想还是让我来试试吧。”伐木工说。

于是，他扛起斧头，朝着刚才粗暴对待稻草人的第一棵树走去。

当大树枝垂下来抓他时，伐木工用斧头狠狠地砍过去，一下就把树枝砍成了两半。立刻，大树所有的树枝都摇晃起来，似乎感到了疼痛似的。

铁皮伐木工平安无事地从下面过去了。“来吧！”他朝其他人喊道，“快点！”

大家都跑过去，毫发无损地从大树下面通过了。只有托托例外，它被一根小树枝缠住了甩来甩去，在那里汪汪直叫，伐木工立刻抡起斧头，砍断树枝，把小狗救了下来。

树林里的其他树没有再来阻拦，所以他们断定，只有那第一排树的树枝会垂下来抓人，那些大树大概是这片树林的警察，被赋予了这种神奇的能力，不让陌生人靠近。

四个旅行者轻松地穿过树林，来到了那一边，吃惊地发现面前是一堵高墙。

这墙看样子是用白瓷砖砌成的，比他们的脑袋还高。墙面像盘子的表面一样光滑。

“现在怎么办呢？”多萝西问。

“我来做一架梯子，”铁皮伐木工说，“我们肯定是要翻过这道墙的。”

20

精致的白瓷国

他们面前是一片开阔的土地，地面那么光滑、洁白、闪闪发亮，真像是一只大盘子的底部。

伐木工用他在树林里找到的木头做梯子时，多萝西躺下来睡了一会儿，走了这么长的路，她累坏了。

狮子也蜷起身子入睡，托托躺在它的身边，也睡熟了。

稻草人注视着伐木工干活儿，对他说：

“我真不明白这里怎么会有一道墙，也不知道它是什么东西做的。”

“让你的大脑休息休息吧，别为了这道墙操心了。”伐木工回答，“等我们翻过去之后，就会知道那边是什么了。”

过了一会儿，梯子就做好了。

虽然梯子看上去很粗糙，但铁皮伐木工相信它很结实，完全能派得上用场。稻草人叫醒了多萝西、狮子和托托，告诉他们梯子做好了。

稻草人先爬上了梯子，他实在是笨手笨脚，多萝西只好紧紧跟在后面，以免他从上面摔下来。

稻草人的脑袋越过墙顶时，叫道：“哦，天哪！”

“继续往上爬。”多萝西喊道。

稻草人又往上爬了一些，坐在墙顶上，多萝西把头探过去，也惊叫了一声：

“哦，天哪！”

她的反应跟稻草人刚才一模一样。

托托也上来了，立刻开始汪汪大叫，多萝西让它安静了下来。

接着爬上梯子的是狮子，铁皮伐木工在最后，他们俩探过墙头一看，都立刻惊叫起来：

“哦，天哪！”

大家就这样在墙头坐成一排，眼睛望着下面，看到了一幅相当奇特的景象。

他们面前是一片开阔的土地，地面那么光滑、洁白、闪闪发亮，真像是一只大盘子的底部。四下里散落着许多房子，全是用瓷砖砌成的，涂着各种鲜艳的颜色。这些房子都非常小，最大的那座才到多萝西的腰部。

另外还有一些漂亮的小牲口棚，四面围着瓷做的栅栏，许许多多的小牛、小羊、小马、小猪和小鸡，全都是瓷的，三三两两地被关在里面。

而最最奇怪的，是住在这个奇特国家里的人。

这里有挤奶女工，也有牧羊女，她们的紧身上衣色彩鲜艳，裙子上洒满了金色的圆点儿。公主们穿着银色、金色和紫色的华丽的连衣长裙。牧羊人穿的是带粉红色、黄色和蓝色条纹的齐膝马裤。王子头上戴着宝石王冠，穿着白鼬皮的长袍和缎子马甲，另外还有穿着大皱袍子的滑稽小丑，腮帮子上涂着两个红圆圈，头上戴着尖尖的高帽子。

最最奇怪的是这些人都是瓷做的，

就连他们的衣服也是瓷的，一个个都那么小巧，最高的也只到多萝西的膝盖。

起先，谁也没有注意到这几位旅行者，只有一只脑袋特别大的紫色小瓷狗跑到墙根下，用细小的声音朝他们叫了几声，就又跑开了。

“我们怎么下去呢？”多萝西问。

他们发现梯子太重了，拖不上来。于是，稻草人先跳下墙去，其他人再一个个地跳到他身上，这样坚硬的地面就不会硌疼他们的脚了。

当然啦，他们非常小心地不要落在稻草人的脑袋上，以免那些针扎进脚底。

等大家都平安落地后，就把稻草人扶了起来，他的身体都快被压扁了，他们又是拍又是打，才把稻草重新弄成原来的形状。

“我们必须穿过这个奇怪的地方才能到另一边去，”多萝西说，“我们只能一直往南，走其他的路都是很不明智的。”

于是多萝西和朋友们开始穿过瓷人国，首先他们遇到的是一个瓷的挤奶女工，她正在给一头瓷母牛挤奶。

当他们走近时，母牛突然抬腿一踢，踢翻了小凳子和牛奶桶，甚至还有挤奶工，所有的这些都翻倒在瓷地面上，发出很大的声响。

多萝西惊愕地看到母牛的腿断了，牛奶桶也碎成了几片，可怜的挤奶女工的左胳膊肘上磕出了一道缺口。

“哼！”挤奶女工气呼呼地喊道，“看看你们都干了什么！我的母牛踢断了腿，我只好带它到修理铺去把腿重新粘上。你们跑到这里来吓唬我的母牛，究竟是什么意思？”

“非常抱歉！”多萝西回答，“请原谅我们吧。”

小巧的挤奶女工在那儿一个劲儿地生气，没有回答，板着脸捡起那条腿，领着她的母牛走开了。可怜的母牛只有三条腿了，走起路来一瘸一拐的。

挤奶女工一边走，一边回过头来朝几位不知所措的陌生人狠狠地瞪了几眼，紧紧抱着她那被磕破的胳膊肘。

多萝西为这个不幸事件感到很难过。

“我们在这里必须格外小心，”好心肠的伐木工说，“不然就会碰伤这些小巧玲珑的人儿，给他们带来无法弥补的伤害。”

又走了几步，多萝西遇见一位年轻公主，她穿的衣服是最漂亮的。可公主一看见陌生人就停下脚步，转身逃跑。

多萝西想更仔细地看看这位公主，就朝她追去。

可是那位瓷姑娘喊道：

“别追我！别追我！”

她的小声音里充满了恐惧，多萝西就停了下来问道：“为什么呀？”

“因为，”公主也停下了，站在多萝西抓不到的地方，回答道，“如果我跑起来，就会跌倒，把自己摔碎的。”

“不是可以修补的吗？”多萝西问。

“是啊，可是你知道吗？修补以后，就再也不会这么漂亮了。”公主回答。

“我想也是。”多萝西说。

“就拿笑话先生来说吧，他是我们这儿的一位小丑，”瓷姑娘继续说道，“他总是爱拿大顶，三天两头地把自己摔碎，身上修补了一百多处，看上去一点也不漂亮了。他正好过来了，你们可以自己看看。”

果真，一个快活的小不点儿小丑朝他们走来，多萝西看见他尽管衣服红是红、绿是绿、黄是黄的很漂亮，但身上左一道右一道的全是裂纹，显然很多地方都是修补过的。

小丑把双手插进口袋，鼓起腮帮子，调皮地朝他们点点头，说道：

“美丽的姑娘，你为什么瞪大眼睛，望着可怜的老笑话先生？看你那一本正经的样子，好像吞下了一根拨火棍！”

“安静点，先生！”公主说，“你难道看不见这些都是陌生人，应该以礼相待吗？”

“是啊，以礼相待，在下明白。”小丑大声说完，立刻就拿起大顶来。

“请别介意笑话先生，”公主对多萝西说，“他的脑袋伤得太厉害，变得有点糊涂了。”

“哦，我一点也不介意。”多萝西说，“可是你太美丽了，”她继续说，“我相信我会深深地爱上你的。你能不能让我把你带回堪萨斯，放在艾姆婶婶的壁炉架上呢？我可以把你装在我的篮子里带走。”

“那会令我很不开心的，”瓷公主回答，“你看，我们在自己的国家里生活得很满足，可以随心所欲地说话，走来走去。可是如果我们中间有谁被拿走，他的关节就会立刻变得僵硬，只能笔直地站着，供人们欣赏罢了。当然啦，人们只希望我们待在壁炉架上、柜子里和梳妆台上，但我们在自己的国家里生活要愉快得多呢。”

“我怎么也不愿意让你不开心的！”多萝西激动地说，“那么我还

是跟你告别吧。”

“再见！”公主回答。

他们小心地走过瓷人国。小动物和小人儿们纷纷躲开，生怕这些陌生人会把他们碰碎。

走了大约一个小时，旅行者们终于来到了瓷人国的另一边，在这里又遇到了一道瓷墙。不过，它没有第一道墙那么高，他们站在狮子的背上，很顺利地爬过了墙头。然后，狮子把四条腿蜷在身体底下，纵身一跃，跳过了墙头。可是它跳起来时，尾巴扫到了一座瓷教堂，把它打得粉碎。

“太糟糕了，”多萝西说，“但我想我们还算走运，除了弄断了一头母牛的腿、打碎了一座教堂外，没有给这些小人儿带来更多的伤害。他们真是一碰就碎啊！”

“是啊，”稻草人说，“幸好我是稻草做的，不容易被损坏。看来世界上还有比做一个稻草人更倒霉的事情呢。”

21

狮子成了百兽之王

没走多远，就听见一阵隆隆的喧闹声，像是许多野兽在咆哮。

翻越瓷人国的围墙后，几位旅行者走过一片沼泽和泥塘。

然后，他们在低矮的灌木丛中艰难地走了很长时间，进入了另一片森林，这里的树非常高大、古老，他们以前从没见过这样的树。

“这片林子真让人高兴，”狮子欢喜地看着四周说，“我还没见过比这更漂亮的地方呢。”

“看上去阴森森的。”稻草人说。

“才不是呢，”狮子回答，“我巴不得一辈子都住在这里。看脚底下的落叶多么柔软，这些老树上的青苔多么厚实、翠绿。没有哪个野兽还想得到比这更舒心的家了。”

“说不定现在这林子里就有野兽呢。”多萝西说。

“我想有的，”狮子回答，“但我看不见它们在哪里。”

他们在林子里走啊走，后来天黑了，多萝西、托托和狮子就躺下来睡觉，伐木工和稻草人像往常一样给他们站岗放哨。

到了早晨，他们又出发了。没走多远，就听见一阵隆隆的喧闹声，像是许多野兽在咆哮，托托低低地叫了几声。但他们谁也没有害怕，继续顺着那条常被踩踏的小路往前走，最后来到林间的一片空地上。

这里聚集着好几百只各种各样的野兽，有老虎、大象、熊、狼、狐狸，还有自然界所有其他的兽类。多萝西一时间有些害怕。狮子说这些动物正在开会，它从动物们的吼叫和咆哮声中判断，它们遇到了大麻烦。

狮子说话时，几只野兽看见了它，聚集在一起的动物立刻像中了魔法一样，变得鸦雀无声。

那只最大的老虎走到狮子面前，鞠了一躬，说道："欢迎你，百兽之王！你来得正是时候，去跟我们的敌人作战吧，让森林里的所有动物重新获得安宁。"

"你们遇到了什么麻烦？"狮子平静地问。

老虎答道："一个凶狠的敌人威胁着我们大家，它是最近才来到这座林子的。

"这是一头特别可怕的怪物，像一只大蜘蛛，可它的身体有大象那么大，腿有树干那么长。那怪物一共有八条长腿，在林子里爬来爬去时，就用一条腿抓住一只动物，拖进嘴里，像蜘蛛吃苍蝇似的吃掉它。

"只要这个凶恶的家伙活着，我们大伙就谁也不得安生，所以我们刚刚正在开会，商量一下该怎么保护自己，正巧这个时候你就来了。"

狮子考虑了一会儿。

"这片林子里还有别的狮子吗？"它问。

"没有了。以前有过几只，但那怪物把它们都吃掉了。而且，那些狮子都比不上你这么高大、勇敢。"

"如果我干掉了你们的敌人，你们会顺从我，尊我为森林之王吗？"狮子问。

"非常愿意。"老虎回答。

所有其他野兽也异口同声地大吼道：

"我们愿意！"

"你们说的这只大蜘蛛眼下在哪里？"狮子问。

"在那边，在橡树丛里。"老虎用前爪指着说。

"照顾好我的这些朋友，"狮子说，"我这就去跟那怪物好好较量

较量。”

狮子告别了同伴，骄傲地踏着大步去跟敌人作战。

狮子找到那只大蜘蛛时，它正躺在那里睡大觉呢。

狮子觉得这个对手实在是太丑陋了，它的几条腿确实像老虎说的那么长，身体上满是粗硬的黑毛。

它有一张大嘴，里面是一排一尺多长的尖牙。可是连接它的脑袋跟那胖墩墩的身体的，却是一截蜂腰那么细的脖子。

这使狮子找到了进攻这家伙的好办法，狮子知道趁它睡着的时候下手比等它醒了再打容易，于是狮子猛地一跳，准准地落在怪物的背上。

然后狮子挥起带尖钩的爪子狠狠一拍，就把大蜘蛛的脑袋从身体上拍了下来。

狮子跳下来，注视着那些长腿慢慢停止了扭动，知道大蜘蛛确实死了。

狮子回到空地上，森林里的野兽们都在等它，它骄傲地说：

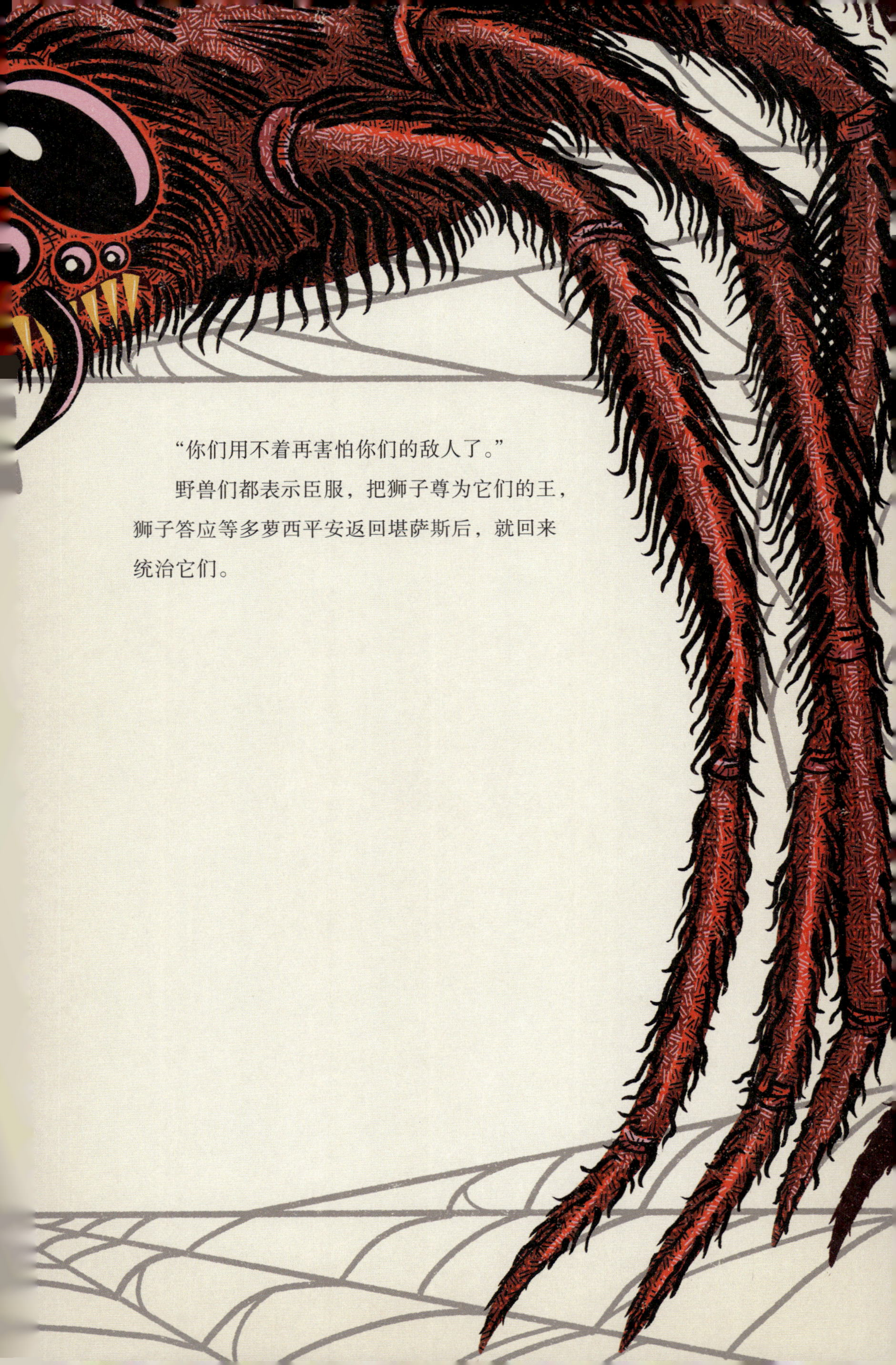

“你们用不着再害怕你们的敌人了。”

野兽们都表示臣服，把狮子尊为它们的王，狮子答应等多萝西平安返回堪萨斯后，就回来统治它们。

22

考德林之国

“很难爬上去，”稻草人说，“但不管怎么说，

我们都得翻过这座山。”

四个旅行者平平安安地穿过了森林，发现前面是一道陡峭的山坡，从上到下都覆盖着大块的岩石。

“很难爬上去，”稻草人说，“但不管怎么说，我们都得翻过这座山。”

于是，稻草人在前面走，其他人在后面跟着。

快要走到第一块岩石前时，大家突然听见一个粗嗓子喊道：“退回去！”

“你是谁？”稻草人问。

岩石上探出一个脑袋，那个声音继续说道：“这座山是我们的，不许任何人过去。”

“可是我们必须过去，”稻草人说，“我们要到考德林之国去。”

“就不许你们过去！”那个声音回答，然后岩石后面冒出一个大家从没见过的最最古怪的人。

他个子矮矮的，敦敦实实，布满皱纹的粗脖子支撑着一个大脑袋，头顶是平的，但全身没有胳膊。

稻草人说：“对不起，让你失望啦，但不管你愿意不愿意，我们都得从你的山上过去。”

他大着胆子往前走。

快得像闪电一样，那人的脑袋突然从脖子里弹出来，平平的头顶打中了稻草人的胸口，打得他骨碌碌滚下山来。接着，那颗脑袋又像闪电一样缩回身体里，那人粗声大气地笑着说：“不像你想的那么简单！”

别的岩石后面也传来一片大笑声，多萝西看见山坡上冒出好几百个没有胳膊的榔头人，每块岩石后面都有一个。

狮子听见有人在嘲笑稻草人的不幸遭遇，顿时火冒三丈。

它发出一声大吼，声音像打雷一样传出回音，三步并作两步冲上了山坡。

又一颗脑袋闪电般出击，强大的狮子像被炮弹打中一样，骨碌

碌地滚下山来。

多萝西跑下山，把稻草人扶了起来。

狮子觉得全身又酸又痛，它走到多萝西面前，说道：

“跟这些脑袋会伸缩的人较量是没有用的，谁也抵挡不过他们。”

“那怎么办呢？”多萝西问。

“把带翅膀的猴子召来，”铁皮伐木工建议道，“你还有权给它们下最后一次命令。”

“很好！”多萝西回答，然后戴上金帽子，念起了那个神奇的咒语。

猴子们还像以前一样敏捷，一眨眼的工夫，就一个不少地站在她面前了。

“有何吩咐？”猴王深鞠一躬问道。

“带我们翻过这座山，到考德林之国去。”小姑娘回答。

“没问题。”猴王说，那些带翅膀的猴子立刻抓起四个旅行者和托托，带着他们飞了起来。

他们越过山顶时，榔头人气得高声大叫，把脑袋高高地弹向空中，无奈怎么也够不着那些猴子。

猴子们带着多萝西和她的同伴们平安飞过山顶，把他们放在了

美丽的考德林之国。

“这是你最后一次给我们下命令了。”猴王对多萝西说，“再见，祝你好运！”

“再见，非常感谢你们。”小姑娘回答。

猴子们飞到空中，一眨眼就不见了。

考德林之国看上去富足、快乐。这里遍地是大片大片成熟的庄稼地，中间是砌得整整齐齐的道路，清澈的小溪从结实的桥下淙淙流过。房子的栅栏和小桥都漆成鲜红色，就像在温基国漆成鲜黄色、在芒奇金国漆成鲜蓝色那样。

考德林人一个个长得矮矮胖胖圆滚滚的，看上去脾气都很和善。他们全都穿着红衣服，衬着碧绿色的草地和金黄色的谷物，显得非常艳丽。

猴子们把四个旅行者放在了一处农舍旁边，他们走过去敲了敲农舍的门，请求给他们点东西吃。

农夫的妻子端来了丰盛的食物，有三种蛋糕、四种饼干，还有一碗牛奶是给托托的。

“这里到格林达城堡还有多远？”小姑娘问。

“不远啦，”农夫的妻子回答，“顺着通往南方的路走，很快就到了。”

谢过好心的女人，他们又出发了，走过田野，走过漂亮的小桥，终于看到前面出现了一座非常美丽的城堡。

门前站着三位年轻姑娘，穿着帅气的、滚着金边的红制服。

多萝西走近时，其中一个对她说道：

“你们来到南方之国有何贵干？”

“我要见统治这里的善良女巫，”多萝西回答，“你可以带我去见她吗？”

“把你的名字告诉我，我去问问格林达是否能接见你。”他们把自己的身份告诉了她，女卫兵就走进了城堡。

过了一会儿，她回来了，对多萝西和其他人说，格林达女巫让他们立刻进去。

23

善良女巫格林达满足了多萝西的愿望

多萝西把自己的
故事原原本本
告诉了女巫：
龙卷风怎么把她
带到了奥兹国，她怎么
找到她的同伴，他们遭遇了
哪些奇特的经历。

B

不过，他们在去见格林达之前，先被带到了城堡的一个房间里，多萝西洗了脸、梳了头，狮子抖掉鬃毛上的尘土，稻草人把自己拍成最理想的形状，伐木工把铁皮擦得亮亮的，给每个关节都上了油。

等大家都收拾得像模像样了，便跟着女卫兵走进一个大房间，女巫格林达就坐在里面的一个红宝石宝座上。

她真是又年轻又漂亮。头发是华丽的深红色，翻着波浪卷儿，一直垂到肩膀上。她的衣服洁白如雪，蓝色的眼睛慈祥地望着面前的小姑娘。

“我能为你做什么呢，我的孩子？”她问。

多萝西把自己的故事原原本本告诉了女巫：龙卷风怎么把她带到了奥兹国，她怎么找到她的同伴，他们遭遇了哪些奇特的经历。“我现在最大的愿望，”她最后说，“就是回到堪萨斯去，因为艾姆婶婶肯定以为我出了什么可怕的事情，她会为我感到难过的。而且，除非今年的收成比去年好，我想亨利叔叔一定很难应付。”

格林达探身亲了亲心地善良的小姑娘仰起的可爱脸蛋。

“祝福你可贵的心灵，”她说，“我相信我可以告诉你怎么返回堪萨斯。”她接着又说，“但你必须先把金帽子给我。”

“非常愿意！”多萝西大声说，“其实，它现在对我已经没有用了，而你拿到它，就能给带翅膀的猴子下三次命令。”

“我想我正好需要它们为我效劳三次。”格林达微笑着回答。

多萝西把金帽子给了女巫，女巫对稻草人说：“多萝西离开我们之后，你准备做什么呢？”

“我就回绿宝石城去，”稻草人回答，“奥兹让我当了那里的统治者，人们都很喜欢我。我只有一个担心，就是怎么越过榔头人的那座山。”

“我会用金帽子吩咐带翅膀的猴子把你带到绿宝石城的门口，”格林达说，“若是人们失去这么一位优秀的统治者，会非常遗憾的。”

“我真的很优秀吗？”稻草人问。

“你很出色。”格林达回答。

她又转向铁皮伐木工，问道：“多萝西离开这个国家之后，你有什么打算呢？”

伐木工倚着斧头想了想，说：

“温基人对我很友好，邪恶女巫死后，他们想让我统治他们。我很喜欢温基人，如果能重新回到西方之国，我愿意永远统治他们，别无他求。”

“我给带翅膀的猴子们的第二个命令，”格林达说，“就是把你安全送到温基人的国度。你的脑袋看上去没有稻草人那么大，但当你擦得亮亮的时候，你其实比他要更聪明，我相信你会很英明地统治温基人的。”

然后，女巫看着毛蓬蓬的大狮子问：“多萝西返回她的家乡后，你会做什么呢？”

“在榔头人的小山那边，”狮子回答，“有一片古老的大森林，那里所有的动物都拥戴我为它们的王。只要我能回到那座森林，我愿意在那里幸福地度过一生。”

“我给带翅膀的猴子的第三个命令，”格林达说，“就是把你带到你的森林里去。金帽子的法力用完之后，我就把它还给猴王，这样它和手下的那帮猴子从此就自由了。”

稻草人、铁皮伐木工和狮子真诚地感谢了善良女巫的好意，多萝西激动地说：

“你真是又漂亮又善良啊！可是你还没有告诉我怎么回到堪萨斯去呢。”

“你的银鞋子会带你穿过沙漠的。”格林达回答，“如果你知道这双鞋子的法力，来这里的第一天就能回到你艾姆婶婶的身边了。”

“可是那样我就不会有我神奇的大脑了！”稻草人喊道，“我就会在农夫的玉米田里度过我的一生。”

“我也不会有我可爱的心，”铁皮伐木工说，“我就会站在林子里生锈，直到世界的末日。”

“我就会一辈子当个胆小鬼，”狮子大声说，“森林里没有一个野兽会对我好声好气地说话。”

“这倒是真的，”多萝西说，“我真高兴能够帮助这些好朋友。但现在他们每个人都得到了自己最想要的东西，而且每个人都幸福地有个王国可以统治，我想我还是回堪萨斯去吧。”

“这双银鞋子具有神奇的法力，”善良的女巫说，“其中最奇特的就是你只需跨三步，它们就能把你带到世界上的任何地方。你把两个鞋跟碰三下，然后命令鞋子把你带到你想去的地方吧。”

“如果是这样，”小女孩开心地说，“我就请它们立刻把我带回堪萨斯。”她用胳膊搂住狮子的脖子，亲亲它，温柔地拍拍它的大脑袋。她又亲了亲铁皮伐木工。多萝西没有亲吻稻草人那张画出来的脸，而是抱了抱他软绵绵的、塞满稻草的身体。多萝西发现自己哭了，因为跟心爱的朋友分别真是太痛苦了。

善良的格林达从她的红宝石宝座上走下来，亲了亲小姑娘作为告别，多萝西感谢格林达对她和朋友们表示出的所有好意。然后，多萝西郑重地抱起托托，最后又说了一句告别的话，便把两只鞋子的后跟碰了三下，说道：

“带我去艾姆婶婶家吧！”

立刻，她就在空中旋转起来，速度快极了，她只能看见和感觉到耳边呼啸而过的风。

银鞋子只跨出三步就停下了，停得太突然了，多萝西在草地上翻滚了几下，不知道自己在什么地方。

终于，她坐起来打量四周。

“天哪！”她叫道。

她就坐在宽阔的堪萨斯大草原上，面前正是龙卷风刮走旧房子后亨利叔叔新建的农舍。亨利叔叔正在牲口棚里挤奶，托托从多萝西怀里蹿出来，直朝牲口棚跑去，一边汪汪地大叫。

多萝西站起来，发现自己脚上只穿着长袜。原来当她在空中飞行时，银鞋子掉了下去，永远遗失在沙漠中了。

24

终于回家了

“终于回家了，我真高兴啊！”

艾姆婶婶正好从房子里出来准备洗菜，一抬头，看见多萝西朝她跑来。

“我亲爱的孩子！”艾姆婶婶喊道，一把将小姑娘搂进怀里，不住地亲吻她的脸蛋，“你这是从哪儿来的呀？”

“从奥兹国。”多萝西认真地说，“托托也在这里。哦，艾姆婶婶！终于回家了，我真高兴啊！”

全书终

关于作者

莱曼·弗兰克·鲍姆（1856—1919），美国儿童文学作家。他出生于美国纽约州奇特南戈一个富商之家，自幼爱幻想，受父亲启发开始提笔写作，一生共创作 55 部小说、83 个短篇故事，以及 200 余首诗歌。处女作《鹅妈妈故事集》于 1897 年问世；时隔 3 年，《绿野仙踪》出版，连续两年成为美国畅销童书。此后 20 年间，鲍姆又以奥兹国为背景创作了 13 部系列小说。

关于插画师

米娜利马（MinaLima）是一家一流的平面设计工作室，它的创始人是米拉波拉·米娜（Miraphora Mina）和爱德华多·利马（Eduardo Lima）。他们曾为“哈利·波特”系列电影工作了十年，为该系列电影打造了一种独特的视觉图像风格。在伦敦设立工作室以后，他们继续用视觉艺术语言来讲故事，设计的领域包括书籍装帧、包装设计以及为电影创作图形道具。他们曾参与的电影有《理发师陶德》（2007 年）、《金色罗盘》（2007 年）、《模仿游戏》（2014 年）、《神奇动物在哪里》（2016 年）。另外，还包括畅销书《哈利·波特电影魔法书》《彼得·潘》《丛林故事》的装帧设计。

关于译者

马爱农，著名翻译家，中国作家协会会员，现任人民文学出版社外国文学编辑室副编审。马爱农自20世纪80年代开始从事英语文学翻译，译有多部充满童趣、文字优美的儿童文学佳作。主要翻译作品有《绿野仙踪》《绿山墙的安妮》《走在蓝色的田野上》和“哈利·波特”系列等近百部脍炙人口的经典佳作。她曾两次荣获国际儿童读物联盟（IBBY）最佳翻译奖，并获得首届“爱尔兰文学翻译奖”最佳翻译。

译者的话

小说《绿野仙踪》（原名《奥兹的神奇男巫》）是美国作家莱曼·弗兰克·鲍姆（1856—1919）的著名儿童文学作品，1900年问世后，立即闻名遐迩。1901年，它以音乐喜剧的形式在芝加哥上演。1939年又改编为电影剧本，成为影坛杰作。此后续书不断，如《奥兹的奥兹玛》《通往奥兹之路》《奥兹丢失的公主》等。鲍姆逝世以后，还有别的作者撰写“奥兹”系列的续书。平心而论，不管这个系列小说有多少本，最成功的还是《绿野仙踪》。

《绿野仙踪》写的是堪萨斯州的小姑娘多萝西的故事。她和她的小狗托托被一阵威力无比的龙卷风吹到了奥兹国，为了回到家乡，回到收养她这个孤儿的亨利叔叔和艾姆婶婶身边，她遇到种种危险，经历了千辛万苦。在她的漫长旅程中，不断有一些新的伙伴加入进来。其中有一心想要得到能够思索的脑子的稻草人，有一味想要一颗活跃的心的铁皮伐木工，拼命想要获得勇气的胆小的狮子。他们在加入这个队伍以前，各有自己的遭遇，现在却成了彼此亲密的旅伴。他们患难与共，喜悦同享，一起体验了那些不可思议的奇特经历，最后都实现了各自的心愿。故事曲折动人，人物个性鲜明，令人爱不释卷。

小说的一个特点是审美因素和教化因素的完美统一。尽管小说所写属于新的神话，但绝非胡编乱造，差不多每个细节都严格遵循生活的逻辑。例如，稻草人身体里面塞满了稻草，因而他不用吃喝，不用睡觉，也不怕拍打挤压；但是他害怕一样东西，那就是一根划着的火柴。铁皮伐木工挥舞利斧，本领不小；但他有个弱点，就是不能哭泣，一哭就必须立刻把眼泪擦干，给关节上油，否则铁制的下巴关节就会生锈，以致无法说话。诸如此类来自生活的细节令人信服，加之那些奇特怪异、绚丽多姿的景物描写，很自然地会把读者深深地吸引进小说所描绘的环境中。随着故事的逐步展开，读者会由衷地爱上这些历险的旅伴，与他们同呼吸，共命运。这便是审美因素的魅力。

在小说里，与审美因素融为一体的是教化因素。这些过去经历各异的人物为什么能够逢凶化吉，遇难呈祥呢？他们靠的是什么？靠的是相互之间的同情爱护，团结一致的顽强奋斗。遇到沟壑，狮子便把其余的伙伴一个一个背过去；遇到更宽的河沟，铁皮伐木工便砍倒一棵大树，横下来当作桥梁；遇到个头比狮子还要大的怪兽穷追不舍，稻草人便想出主意，在怪兽正要过桥时让伐木工把深沟这边的树梢砍断，使桥坠入沟底。更加难能可贵的是，这些旅伴中不论是谁遭了难，其他人都不会坐视不管，弃之而去。例如，他们误入了有毒的罂粟田，多萝西和狮子都被熏得昏睡不醒，稻草人和铁皮伐木工因为不是血肉之躯，还保持清醒，便用手搭成椅子抬走了多萝西。即使是硕大无比的狮子，他们也决不放弃，而是做了一副足够大的担架，召唤无数友好的田鼠来帮忙拉纤，终于使狮子安然脱险。

当邪恶的西方女巫召唤大群带翅膀的猴子把铁皮伐木工和稻草人分别掼坏和拆散、奴役和囚禁多萝西和狮子时，多萝西趁女巫熟睡之际，拿了食物给挨饿的狮子吃。在多萝西消灭了西方女巫，和狮子同获自由后，他们也没有丢下已被掼坏和拆散的铁皮伐木工和稻草人不管，而是求助于当地人重新修复他们。正因为这一伙旅伴结成了生死之交，所以在多萝西还不能回到家乡时，同伴们即使已经有了各自的圆满归宿，还是不愿分手，执意要同她一路走。这些描写是十分感人的，毫无疑问，我们可以相信它会在儿童幼小的心灵里播下真善美的种子，并且期待种子的发芽、生长。

小说的另一个特点是神话描写和人情世态的有机融合。读过《绿野仙踪》的人都不会忘记其中关于绿宝石城及其统治者奥兹国王的故事。这个城市和国王都具有浓郁的神秘色彩，进入绿宝石城的人都必须戴上一副特制的眼镜。据说，不戴眼镜，眼睛便会被灼伤。城里所有的东西都是一种色彩——绿色。国王奥兹深居宫内，他的臣民是见不到他的，即使是多萝西一行外来的客人要觐见他，也要预约时间，层层通报。好不容易同他见面时，出现在觐见者面前的奥兹也是千变万化，有时是一头可怕的野兽，有时是一个美丽的女人，有时是一团燃烧的火球，有时则干脆是空无一物。直到谜底揭晓，我们才知道，高贵无比的国王奥兹不过是一个蹩脚的魔法师。所谓绿宝石城其实并非绿色，之所以看上去一片绿色，只是因为人们戴上了绿色眼镜的缘故。国王本人是一个普通的小个子男人，可怕的野兽也好，美丽的女人也罢，乃至燃烧的火球，等等，不过是他玩弄的道具。正因为这些都是骗局，所以他才需要离群索居，不可轻易示人，以维持他无上的权威。这虽然是神话，难道不是写出了某种人情世态吗？在现实生活中，人们崇拜帝王，崇拜神灵，崇拜权势，崇拜金钱，其实也不过是人们戴上了有色眼镜，看人在玩弄道具而已。小说告诉我们，奥兹虽然是个骗子，却并非坏人，而且他自己也对这种骗子生涯感到了厌倦。他对多萝西说："这样的骗子我已经当够了。只要我走出这个宫殿，人们很快就会发现我不是魔法师，他们会因为我欺骗了他们而生我的气。我只好整天把自己关在这些屋子里，真是闷死人了。我还不如跟你一起回堪萨斯，重新加入一个马戏团呢。"这是耐人寻味的。再有，奥兹对寻求大脑的稻草人说："婴儿是有大脑的，但婴儿并不知道多少事情。只有经验才能给人带来知识。"对寻求勇气的狮子说："你所需要的是对自己的信心。……真正的勇气，是害怕时仍然敢于面对危险。"这些都是富于哲理的警句。

小说的又一个特点是儿童文学和民间文学的浑然一体。鲁迅先生在评论中国的神话小说《聊斋志异》时，认为其优点，一是"描写详细而委曲，用笔变幻而熟达"，二是"说妖鬼多具人情，通世故，使人觉得可亲，并不觉得很可怕"。应当说，这些优点在《绿野仙踪》里也是具备的。例如，铁皮伐木工惨遭摜坏后被重新修复，这时小说有这样的描写："最后，他走进多萝西的房间，感谢她救了他，他太高兴了，流下了喜悦的泪水，多萝西只好用她的围裙小心地替他把眼泪擦干，以免他的关节生锈。同时，多萝西因为又见到了老朋友，眼泪也像断了线的珍珠一样往下掉，而这些眼泪是用不着擦干的。狮子呢，它不住地用它的尾巴尖擦眼泪，后来尾巴尖都湿透了，它只好走到外面院子里把尾巴放在太阳底下晒干。"这些描写都是说一伙同伴的喜极而泣，但又各不相同，完全符合彼此的特点，这不正是"详细而委曲"吗？不正是表现了作者笔下非人的人物"具人情，通世故”吗？一个世纪以来，一代又一代的少年儿童热爱着这部作品，这绝不是偶然的。

从作品中，我们还可以看到民间文学的显著特点。民间文学口耳相传，往往采取反复吟唱的形式。这在《绿野仙踪》里也表现得比较明显。例如，奥兹以杀死邪恶的西方女巫为交换条件，承诺满足这一行人各自的要求，于是我们便读到这样的描写：

“如果我们做不到呢？”小女孩问。

“那我就永远没有勇气。”狮子说。

“我永远没有大脑。”稻草人也接上一句。

“我永远没有心。”铁皮伐木工说。

“我永远见不到艾姆婶婶和亨利叔叔了。”多萝西说着，就哭了起来。

这是在出发去杀死西方女巫前他们的议论。

“是啊，”伐木工说，“我终于要得到我的心了。”

“我要得到我的大脑了。”稻草人高兴地说。

“我要得到我的勇气了。”狮子若有所思地说。

“我要回到堪萨斯去了。”多萝西拍着手大声说。

这是在杀死西方女巫后，准备回绿宝石城时他们的议论。

“你许诺说，等邪恶的女巫被杀死后，你就把我送回堪萨斯去。”小女孩说。

“你还许诺给我大脑。”稻草人说。

“你还许诺给我一颗心。”铁皮伐木工说。

“你还许诺给我勇气。”胆小的狮子说。

这是回到绿宝石城后，他们在向奥兹要求兑现他的诺言。

这样的写法在民间文学里屡见不鲜，它不仅不会显得重复而令人厌烦，相反还别具一格，让人加深印象。

正是由于《绿野仙踪》有以上这些特点，它不仅受到少年儿童的喜爱，成年读者也会觉得津津有味，颇耐咀嚼。说这部书是雅俗共赏，老少咸宜，这绝非溢美之词。